根在水返腳

汐止老街人，老街事

楊芳芷 著

謹以此書獻給先父母暨追憶已成異鄉的故鄉

推薦序　毅力，主導她的一生

楊芳芷，堅守新聞崗位四十年，退休時，她說：她不算是傑出的記者，但可以問心無愧、坦蕩蕩地說，是個敬業、有職業道德的新聞從業人員，「一路走來，始終如一」。她的自我肯定，也是我認識的楊芳芷，堅毅、豁達、平實、坦直。

我們在中央通訊社共事十一年，很長一段時間，是國內新聞部僅有的兩個女記者，都是剛從大學新聞系組畢業的「菜鳥」，男記者也不多。一九六〇年代的中央社，採精兵制，嚴格培養每一個記者都能獨立作戰，國內外發生重大新聞，新聞媒體可能派一組人採訪，中央社還是採訪記者和攝影記者各一，在「每分鐘都是截稿時間」的壓力下，採訪告一段落，立即回社（那個年代沒有電腦）撰寫新聞，力求正確、完整、迅速，提供給國內外各新聞媒體。

中央通訊社，是中華民國國家通訊社，也是唯一能和世界各國通訊社，簽訂合約，互相交換新聞，並派駐記者的通訊社，備受國內外媒體尊重。

芳芷和我，很幸運在中央社的輝煌年代，加入這個既有家的溫馨，又有高水準工作要求的新聞園地，我們都見證了多多少少歷史事件，留下深刻的人生印記。

走過漫長的新聞路之後，楊芳芷毅然退出職場、開始過她逍遙自在的生活，她喜歡歷史，旅遊各地，以報導文學紀錄下她走過的名山，古城的所見、所聞、所思，這一系列脫出新聞報導的作品，流暢、生動，也呈現出她生命中的豁達和愉悅。

邁進人生另一階段，她沉澱下來，有了思考空間，「尋根」的意念慢慢浮現，她回到久別的故鄉，到台北平溪看「天燈」，徘徊汐止老街，尋找記憶中的街景風貌，過往的人與事，融入少年的記憶，芳芷開始動筆寫自己。

做為礦工的女兒，不是宿命，也不一定悲慘。芳芷成長的這個礦工家庭，除了貧苦，還背負著那個年代的台灣傳統習俗。父親入贅顏家，很早就失去語言權，不過問家務事，沉默盡到養家的責任，在他女兒成長的過程中，他扮演的是一個旁觀者。「我很少想起老爸，生前或死後。」芳芷驀然發現對父親是如此陌生，她試探從親友敘述中，拼出父親的身世，或因年代相隔久遠，識者多已凋零，既無法追根慎遠，楊家的「族譜」僅始於住在台灣北部的父母這一代，對芳芷來說，也許有點遺憾，但也達成她的心願：留下這本「回憶錄」，給旅居美國與故鄉已漸行漸遠的失根兒孫們。

芳芷的母親出生在台北平溪，十三天後送給汐止顏家當養女，她剛毅、果斷，急燥。十六歲被迫結婚，當礦工的丈夫收入有限，她從一個受寵的養女，一下子掉入精神與物質都極度貧乏的痛苦深淵中。大半生需要打工協助家計，她無法了解，這個排行老二的女兒，如此不顧家計艱難，死要念書，完全不能體諒父母的無力與無奈！

芳芷是一個不肯輕易認輸的女孩子，在這樣艱困、婦女被歧視的環境中，她始終堅持一個意念，一個夢想：上學，讀書。她聰明、機靈，功課好，又懂得善用機會，躲過母親一次又一次的脅迫，縱使被打，也不屈服。她逃過賣做養女，淪入風塵討生活的命運。高中畢業那一年，是她人生的轉捩點，她仍運用過去的「升學戰術」，以考取學校，讓母親不得不接受既成的事實。她順利考取國立政治大學新聞系，這次母親堅決不放手，事先安排好當地一家公司，芳芷只好去工作。

命運之神，對芳芷很厚愛，就在政大開學前夕，她得了胃病，母親到處求神拜佛，找人算命，沒想到算命先生的一句話：「有才氣，唸書才會健康。」改變了母親的成見，讓一個貧苦礦工家庭出身的女兒，成為楊家第一位大學畢業生。

芳芷七十多年的人生歲月，一半在台灣，一半在美國。細讀《根在水返腳》各篇章，我發現她略過幾段她的人生際遇，譬如，如何熬過一段不美滿的婚姻？如何移居美國，獨力肩負起教養三個兒女的重任？她得了癌症、她動過手術，她如何走過又如何克服？她把這段椎心刺骨的心路歷程，淡淡回了一句話：「命運對我是慈悲的。」

楊芳芷，用她的毅力，主導了她的一生。

資深媒體人　黃肇珩

自序　我父母及我這一代的故事

三個子女是我一生最大的成就，我以他們為榮。女兒（右二）陳真璿、大兒子陳毓梵（左二）於1995年分別畢業於舊金山州立大學及奧斯汀德州大學。小兒子陳毓衡（左一）也於1998年畢業於奧斯汀德州大學

我之所以要出這本書。主要是想留下有關父母及自己一生有限的書面文稿給孩子們，有朝一日如果他們想了解上一代的情況時，有第一手資料可參考。

一九八四年四月，三個孩子來美時，分別為十六歲、十四歲及十歲。至今成長在美國的歲月，遠遠超過他們的出生地——台北。他們在美已經分別成家立業，培育下一代，儼然已成「華裔美國人」！故鄉與中文，

與他們已漸行漸遠！

即便是我，吃台灣米、喝台灣水長大，受完高等教育並就業，中年才攜兒帶女移居美國，故鄉——我的出生地汐止，古早以前稱為「水返腳」的地方，早已成為異鄉了！乘著我還留存年少時對它的記憶，我寫下了「汐止老街人，老街事」！

我們楊家在台沒有多少歷史可言。我出生時，祖父母俱已往生，我只知父親及他兄妹們這一代；母親這邊，雖然知道多些，也只上溯到她生母及兄弟姐妹們，以及她養父母及養弟妹們。但因平時鮮少來往，對這些親戚們所知也有限。

年輕時雄心壯志，急於展翅高飛，出外打天下，對故鄉毫無眷戀。歲月悠悠飛逝，如今暮然回首，才發覺對父母那一代的相關人與事，所知並不多；而已成異鄉的故鄉「水返腳」，滄海桑田，景觀變化之大，已無法憑空想像！

所以，乘著還有書寫能力，我要出這本書，有朝一日，也許子女們突然想回望祖先的步履時，翻開書頁，就可一目了然！

本書內容是我一生的大部分經歷，分為四大部分：

輯一：礦工的女兒，我的出生及成長背景。

輯二：根在「水返腳」：我記憶中的汐止老街人、老街事。

輯三：在旅途中嚐新：我用文字記錄下來的部分旅遊經驗。

輯四：碎碎唸集：我一些有感而發的雜文。

一九六五年，從國立政治大學新聞系畢業後，一直從事新聞工作到二〇〇五年退休。

我是楊家第一位大學畢業生

但對三個子女而言，我只扮演母親的角色，鮮少對他們談起我的工作內容。從職場退休後，我不時悠遊四海。住在達拉斯的大兒子曾說：「媽，妳知不知道妳很好命耶！已經玩了世界這麼多地方！」

我說：「兒子啊！我說過我命不好嗎？」

的確，一九四〇年代出生的我，大學畢業後，從事外勤記者工作，在當時，女性新聞從業人員還是比男性少很多；台灣尚未解嚴時，記者才有較多的出國旅遊機會，平時工作接觸面廣，見過不少大場面，還不時享有「特權」，政府部會首長不太敢給我們臉色看。

我，一個貧苦礦工家庭出身的女兒，是楊家第一位大學畢業生。比同時代大多數台灣女性，享有更多的自由，更多探索各種知識的機會；移民美國後，三個子女也都能完成高等教育，成家立業，命運對我再慈悲不過了，我能不感恩冥冥之神給我的照護與保佑？

這本書，只記載我父母親及我這一代的瑣事；我子女們的經歷，將來由他們自己來書寫。

這本書，獻給我已往生的父母親，也追憶已成異鄉的故鄉！

二〇一八年四月五日寫於舊金山

目次

輯三　在旅途中嚐新

輯四 碎碎唸集

輯一

礦工的女兒

礦工的女兒

我是國立政治大學新聞系第二十五期畢業。一九六一年，參加大專聯考時，我以第三「志願」錄取政大新聞系。記得當屆新聞系，「台生」錄取二十七名，前三名是徐剛夫、李啟倫、王定和，他們都是退役軍人加分後獲得錄取。按錄取分數計算，我排名第七，女生錄取者中，我排名第一。

老實說，將政大新聞系排在聯考第三志願，完全基於「就業」考量。只因為當時新聞系助教賴光臨先生一句話：「新聞系畢業容易找事做。」至於新聞系是讀什麼，畢業後要幹什麼，我則一無所知。

怎麼還沒進政大就跟賴光臨先生扯上了關係？原來他是我汐止初中三年級的國文老師兼導師。賴老師在抗戰勝利後考取南京政大，念到大三，大陸政局變色，他逃來台灣，等政大大學部在木柵復校時，他已有家累，必須做事養家活口，不能立即復學。到汐止初中教書，是他首次為人師表。由於休學不能超過十年期限，他在時限屆滿前申請復學，畢業後留系當助教，以後一路升上教授、系主任。

政大開學第一天，我跑到系辦公室找賴老師時，新研所的女生朱小燕剛好也在場，看到我恭恭敬敬說聲「老師早！」（一般學生認為「助教」不是老師）又聽到賴老師介紹說：「這是我學生。」朱小燕笑了半天，還揶揄他說：「別吹牛啦！你哪來這麼大的學生！」

一九六〇年代的台灣社會，大學畢業生就業管道很狹窄，幾乎沒有什麼「事找人」的公開招聘，一切都要靠「關係」，透過家長親朋好友找事做，「有關係就沒關係」。我的父親是礦工，低層的勞動階級，生活經常寅吃卯糧，哪來任何社會關係？即使我能考上大學，鐵定「畢業即失業」。所以，賴老師的一句話：「新聞系畢業容易找事做」，「政大新聞系」就在我的大專聯考報名單的志願表上「名列前茅」。

台灣目前大學林立，幾乎到了「三步一崁店」的地步，每年新生錄取率高達百分之八、九十以上，考生想不被錄取都很難。我們那時可不是這樣，錄取率只有百分之十左右，不敢說，被錄取者都是「菁英」，但至少具有相當的實力。而我，一個礦工的女兒，一個小學「放牛班」的學生，從沒參加過惡性補習，從沒被鼓勵過念書，家境貧寒，居然能逃過當工廠女工的命，一路念到大學畢業，我想，除了老天特別眷顧外，大概也是「命中註定」，現在回首前塵，仍覺不可思議。

一九五〇、六〇年代，大概是台灣教育史上惡補最猖獗的時代，小學升初中、初中升高中、高中升大學，都要經由考試錄取優秀學生。因此，學校將家事、勞作、體育等課程時間拿來上升學要考的課程，下課後還要留校補課，或到老師家補習。這種情況小學最嚴重，補習要收費，學校將學生分為「升學班」（要補習）與「不升學班」（放牛班），我家沒錢繳補習費，自然編入放牛班。不過，我的圖畫作品倒是經常被貼在升學班教室後面牆壁上。

那時候，只有一所初中。好像有個約定成俗的做法：汐止學校畢業的學生，如果成績比較好的，老師就建議去考台北的學校；成績較差的，就到基隆考。我小學畢業時，升學班學生有老師代為集體報名，陪同去考試；我屬放牛班，沒人要升學。當時我們家運也不好，正當考試報名期間，媽媽罹患子宮肌瘤，在台北馬偕醫院開刀，爸爸去醫院照顧，我們三姐妹群龍無首，我想參加初中考試，能跟誰要報名費？我後來不知怎麼地靈機一動，跑去跟我外婆（我媽媽的養母）借錢（台幣二十五元？），自己跑到汐止初中報名參加考試，獲得錄取。

母親在馬偕住院期間，爸爸帶我去醫院陪媽媽一天。這是我懂事以來第一次到台北，雖然汐止到台北，火車車程慢車當時約需二十五分鐘，但在我念初中之前，可從來沒到過台北；基隆近在咫尺，而我這一生到基隆的次數，大概十個手指頭就掰得完。

三年初中是我在學校生涯中最快樂的日子。汐止初中學校小、學生少，沒有惡補，師生互動密切（記得幾何老師居然帶我們全班學生去看電影，鬧失戀了，心情不好也跟學生分享），沒有太大升學壓力（只在月考及期考才念書），下午三點半就放學，「放牛吃草」。當然，在這種情況下，畢業時能考上好高中的學生人數，經常掛零，或只有個位數。我們那一班算是表現不錯的，畢業時，一人保送台北師範，一位考上北一女，一位考上台北工專。我考上台北市女中，第二年重考，考上北二女中。台北市女中後來在教育部「省辦高中、市辦初中」的政策下，變成「金華國中」。

高中三年就是念書、念書、念書，考試、考試、考試。連週六下午的課外活動時間，都被拿來補課。這情況被一位姓「時」的英文老師知道了，她說：「週六下午時間屬於學生的，妳們有權做妳們的事。」我們說：「不參加補課，就會被『記過』」；她說：「記過就記過，畢業後，誰會問妳在學校被記過的事？」她這番話如醍醐灌頂，從此後每週六下午，我就跟「志同道合」的同學看電影，用寬寬的書包帶將白襯衫左上角的校名及學號遮住，避免在校外被逮；而且高三下學期，我從來沒參加過朝會。

小學考初中、初中考高中，上考場，我都是單槍匹馬赴會，並以考取造成「即成事實」，達到升學的目的。母親礙於家計，雖然不願我升學，但已經考上了（很多人考不上），在親友勸說下，百般無奈讓我繼續升學，我才逃過了上工廠當女工的命運。

還記得，當時一般台灣人的家庭，即使讓孩子升學，女孩子初中畢業，最好考師範或護專，畢業後當小學教師或護士。我母親的想法也如此，可我在小學五年級時就立志將來不當小學老師（這又是另外一個故事）。而上醫院打針都要發抖，怎麼可能念護校？母親催去報考師範及護校，我欺她不看報，也得不到外界的訊息，就騙她報名時間未到，等過了一陣子她想起，我就說，報名時間已過，終於得逞，只報考一般高中。

但是，高中畢業時，母親「吃了秤錘鐵了心」，說什麼都不會讓我念大學了。當年北二女六月三十日舉行畢業典禮，我七月一日就到「台灣鍊鐵」公司上班了，這是畢業前母親託人幫我找好的工作；她也歡迎在鍊鐵上班的師大夜間部學生來我家聊天，如果我因此與其中的一人談戀愛，就不會想去念大學。我確實戀愛也談了，但可沒打消我念大學的計畫；媽媽同時坦承，每天三炷香拜土地公，「千萬千萬不要讓我的女兒考上大學」。我想，如果土地公真有靈性，當時一定會搓揉自己的耳朵，狐疑自己到底有沒有聽錯？

高三下學期，為了輔導應屆畢業生參加大學聯考報名時如何填志願，北二女特別邀請大學校長於週會時來校介紹。記得當時台北國立師範大學校長劉真介紹師大時說，如果考乙組（我考的那一年，只有甲、乙、丙三組，且是日、夜間部聯招）念文科，將來畢業後頂多是當老師教書，那還不如選擇師大，在校四年公費，每學期還有零用錢、畢業後分發學校教書，職業有保障，比台大文科畢業生，同樣出路是教書，敘薪時還高兩級。

因為母親這樣的堅持，大學聯考報名時，我填的志願依序全是基於「現實」考量——「念書可以不繳學費，畢業後就業有保障」，我甚至台大一個科系都沒填（放榜後發現，我的分數可以到台大），而將師大科系列為第一優先，全部填完。但是神差鬼使，賴光臨老師那句「新聞系畢業容易找事做」的話，始終在腦袋揮之不去，我就把它塞在第三志願，總不會那麼巧考上吧？

就那麼巧讓我進了政大新聞系！當年大專聯考放榜時，報紙榜單學校排名依序是：台大、政大、師大……，高三下學期開學不久，就已經填了聯考報名表，早就忘了填有新聞系。看榜單時，自然從師大錄取名單開始看，沒有；中興大學法商學院，沒有，一路看到銘傳，還是沒有，真懊惱！「那麼多人都考上了，怎麼唯獨我沒有？」那時正在吃早餐準備上班，姐姐問我：「考上沒？」我衝她一句：「沒念書，怎麼會考上？」（當年聯考於七月十六、十七日舉行，我已經在鍊鐵工作了半個月，晚上還有一大票師大學生來家聊天，他們都不知道我要參加聯考，放榜後，他們除了道賀外，還向我道歉！）拿著報紙，也想看看同學錄取情況，就再從台大名單看起，看到政大新聞系，「楊芳芷」三個字赫然在內，咦？怎麼有我名字！這鐵定不是同名同姓，我的名字不像「惠美」、「美惠」、「美珠」等一般台灣女孩當時通用的名字。

我榜上有名的快樂維持不到一天，當天下班後，母親說：「咱考條真光榮，妳老爸老了，妳嘸兄弟，嘜擱讀啊，愛倒賺錢，愛有良心。」我的眼淚頓時像河堤決口，母親一看火大了，當場一個巴掌打過來，我只是站著，以無聲的流淚，做沉默的反抗。事後我曾想，因為考上大學想念書而挨打的，我會不會是台灣第一人？

一九六一年，可能是第一年成功嶺集訓，大學直到十月才開學。我繼續工作，我開始胃痛，領的工資剛好拿來看醫生吃藥，母親終於讓我上大學。事隔很多年，我才知道她何以改變心意：原來，她看我生病，就拿我生辰八字去算命，算命師說我有「才氣」，應該念書才會健康。不知是哪位算命師說的，他多少影響了我的命運，真要謝謝他！

礦工的女兒，二十三歲時攝

賴光臨老師在我初三的國文成績單上只給七十八分，還加上評語說：「要努力衝破八十分。」在校時，我對我的作文能力也沒有信心，但我也沒有能力找其他事做。大四到中央通訊社實習，畢業獲留用。果然誠如賴老師所說「新聞系畢業容易找事做」，我堅守新聞崗位四十年，於二〇〇五年四月退休。我不算是傑出的記者，但我可以問心無愧、坦蕩蕩地說，我是個敬業、有職業道德的新聞從業人員，套句俗話說：「一路走來，始終如一！」

寡言的阿爸

外甥最近寄來電郵告知，阿公，就是我阿爸的墳墓因年久受「鄰居」排擠，以及遭地下樹根糾纏，置放遺骨的甕缸已經浸水，需要遷葬。這才想起阿爸去世竟已逾三十年了。一九八四年四月移居海外才十個月，就接獲姐姐電話告知阿爸病逝，而倉促返台奔喪。

不像母親去世愈久，我思念她與日俱增。我很少想起老爸，生前如此，死後亦然。這可能是他生前很少談他的家世，入贅母親家後，失去話語權，在我成長過程中的重大決定，諸如升學、就業、結婚等，他從不曾表示意見，都是母親拍板定案。

關於我阿爸，很多事都是從我母親那裡得知：我出生時祖父母都已過世，祖籍哪裡，阿爸未曾提起，入贅母親家時，他父親已往生，聽我媽說，她婆婆，也就是我祖母，有福州口音。

阿爸有兄、姐及妹各一，這我知道。因為大、小姑媽都很長壽，我念大學時她們都還在。至於我大伯，對他印象深刻是，他脖子上長了一個巨大的腫瘤，不知是沒錢醫治，還是不能開刀，總之，他才年過半百，就上吊身亡。

阿爸長母親九歲。結婚那年，母親才十六歲，兩人育有我們姐妹仨，在我們之前有一兒子，九歲罹患骨癌早逝。有次，母親不經意提起，在她之前，我阿爸曾入贅基隆一戶人家，老婆懷第一胎尚未出生，我阿爸就落跑了，原因不明。後來據說生的是兒子。母親說，這孩子十多歲時曾來汐止老街經過我家門口。「跟妳老爸一模一樣，親像模子印出來。」

成長後我問阿爸，我們這裡沒有兄弟，你會想念基隆的你兒子嗎？阿爸不語，對我的提問沒有回應。

阿爸不識字，職業礦工。不知從何時起，也不知他在哪裡拜師，居然成了業餘的「乩童」。

乩童在執行宗教工作時，稱作「跳童」，他會出現一種恍惚失神、精神分裂的狀態，據說能悠遊於天廷（界）、地府（冥界）而與鬼神交往、溝通。他們的作用是作為人與鬼神的橋樑，傳遞彼此間的信息。

「跳童」是台灣民俗療法的一種，鄉下地方比較盛行。例如，有家人久病不癒或失蹤毫無下落，有人就會請乩童「跳童」，藉乩童作法祈求神明指點迷津。跳童作法時需二人組成：一人唸咒語，一人是「童乩」（乩童），負責跟神明溝通。

聽我母親多次提起，汐止有一人家兒子失蹤多日，毫無音訊。他們要請乩童「跳童」，問問神明他兒子的下落。住我家隔壁的「查某伯」（「查某」這一早期台灣人常取的名字，男女通用。我的外祖母也叫「查某」），在家設有神壇，就找我父親去「跳童」。這是我父親首次應邀「跳童」。事畢，「查某伯」氣急敗壞跑來跟我母親說：「害呀！害呀！汝『屋仔』（我父親名字）跟他們講，三天後去『水尾灣』（基隆河汐止與南港交接處河道）找人。」我母親也擔心，三天後，如果人家兒子根本沒死，「活跳跳轉來，看他對人按怎交代」？

正如我父親「起童（起乩）」時所言，三天後，那失蹤孩子屍體在「水尾灣」浮現。我父親「真準」，初試啼聲，一夕成名，因而延續了他數十年的業餘乩童生涯。我成長後，有一次曾問他：「『跳童』，是真也？還是假也？」他微笑不語。直到他往生，我終究沒有獲得想要的答案。大學時，隔壁的「查某伯」，大概覺得我「孺子可教」，曾教我畫「收驚符」。我跟我母親一樣，不怎麼信鬼神，也就沒有學成當個業餘「收驚婆」。

現在回想，實在太可惜了，我應該學畫「收驚符」，至少可以實地印證，它是否真的有效！說不定也可以從「查某伯」那裡探討「跳童」民俗療法的虛實。

阿爸在家雖然沒什麼話語權，但他AB血型的固執個性，使他在與母親逾半世紀的婚姻生活中，始終站在對立的地位，經常為反對而反對。兩人無日不吵，無事不吵。我高中時，曾經希望他們離婚，只是沒敢向兩老建議。想不通的是，我那個性剛毅果斷、性情急躁的母親，也從未有離異想法！但生前只要提起阿爸，她就怨言滿腹。阿爸病逝我回台奔喪時，棺木還停在住宅大廳內，等擇日吉葬。母親提起阿爸生前種種，仍義憤填膺，開口就是：「講到汝老爸……」我老姐趕緊提醒老媽：「人還躺在大廳呢……」

如果說，父母有「教養」子女的責任，我阿爸只做到「養」的部分，沒有盡到「教」的責任。不過，我們三姐妹也從未在外面打鬧滋事，一點兒也不需要父母操心。再說，即使到現在，還是有很多家長把管教子女的責任，交給學校老師。小學月考成績單、中學週記……等等，凡是需要家長蓋章的，我都自己蓋。我有一顆阿爸缺了一角的水晶圖章。只有學校要求繳費的，才須張口跟母親要。

一直到現在，我都懷疑，我阿爸到底知不知道我大學念了哪個學校？讀什麼系？阿爸一生中對子女「無為而治」，但在我三歲時，他強力為我爭取一件事，單就這件事，卻決定了我一生的命運！

一九四五年二戰結束時，台灣剛脫離日本統治，物資普遍缺乏，我家更是窮得脫底。母親說，有時候躺在床上「數蚊帳格」，一籌莫展。我三歲時，居家附近有一「茶店查某」（現在稱之為「性工作者」）很喜歡我，向我母親表示要買我當養女，出價從二百元一路加碼到八百元，在當時算是非常高價了。我母親心想，與其讓我在家跟著三餐不繼，不如去當人家的養女。她相信，那「茶店查某」會疼我。我母親出生十三天即被生母送給汐止一戶人家，養父母一生對她疼愛有加。

這次，她不敢自己拍板定案，跟我阿爸討論。我阿爸一聽大怒，說什麼都不會賣女兒！我因此逃過了早期台灣社會視為極其平常的養女的命運！這攸關我一生命運的大事，阿爸生前從未對我提起，也是在我成長後母親閒談早年貧困時才提到，只是用來佐證當年家境是多麼地貧困不堪，不得已連女兒都可以賣！

成長過程中，有什麼事都只找母親，從不曾要求阿爸為我做什麼，乍聽自己小時差點被賣掉時，對阿爸為我所作所為並無感，只問母親那「茶室查某」有沒有另買一個養女。

母親說有，那小女孩整天坐在門口的小板凳，拿根小竹子趕走近的雞鴨！而她成長後，也逃脫不了如她養母在風塵中討生活的命運！

我升學就業階段，早出晚歸，父女很少有機會交談，好像也不需要交談什麼！出嫁回娘家，頂多給錢，問問他身體健康如何。一九八四年，我攜兒帶女移民來美，離家更遠，妹妹妹婿孝順，貼身照顧兩老。

一九八五年二月，阿爸就因肝癌病逝，享壽八十，葬在汐止公墓。經過三十年歲月的沖刷，最近墓碑因周遭「鄰居」改建排擠，已傾圮倒塌。在決定遷葬包括父母在內的祖先靈骨過程中，才開始回想老爸生前種種。我一生居然沒跟阿爸合照過，連結婚當天的照片中，也找不出他的影子！也在這暮年才頓悟：我阿爸才是影響我一生命運的最關鍵人物，未曾在他生前表達感恩，往生逾三十年來，也幾無懷念！這真是為人子的罪過啊！如果真有來生，我懇求上天讓我再當阿爸的女兒，再續父女情緣。下一世讓我來報恩！

父親楊木土

八卦項鍊

母親託人從台灣帶來了兩件飾物：其中一條金鍊子，正面是陰陽兩極圖，背面刻有「出入平安」四個字；另一條是用紅絲線繫著一尊玉製觀音。飾物交到我手上，內心立即湧起一股暖流，眼睛卻覺得酸楚，淚水在裡面打滾著。

母親啊！母親啊！兒女於您的千斤萬擔，何時您才能安然卸下？

母親十六歲時奉她嚴厲的祖母之命結婚。她個性剛烈，性子急躁，做事果斷，說一不二。十三歲時就能幫著我外祖父經營生意，數學細胞一等一，即使到了七、八十高齡，到市場買菜，小販休想能多算她一毛錢。

父親個性與母親相反：溫溫吞吞的，凡事不急，優柔寡斷，卻又固執己見。兩人結合，註定就是一場災難。他們五十多年的婚姻生活裡，幾乎無日不吵，無事不吵。父親於八十高齡因肝癌病逝，靈柩還擺在住宅大廳內，我從美國回去奔喪，母親對我們姊妹三人，談及與父親生前的種種爭吵，仍舊氣憤填膺，一如他在生前。

因為不是她選擇的婚姻，因為她欠缺的耐心，也因為姊姊出生後一直多病磨難著她，母親一直不喜歡有小孩。但在那個年代，社會還沒有提倡「避孕」這回事，也無從問起。

姊姊出生三年後，母親懷了我。母親從不諱言，當時她恨死了，直想把肚子裡這塊肉打掉；不敢去找醫生，也沒錢找醫生。於是，她吞下了一整瓶的「瀉藥」，天真地以為大腸與子宮是相通的。

我就這樣不受歡迎地來到人間。

我出生時二次大戰已近尾聲，台灣雖然尚未光復，但日本已是強弩之末，當時台灣物資極度匱乏。姊姊雖長我三歲，卻不肯斷奶，母親把該餵我的奶水給了姊姊，而讓我吃開水調的糕粉。

彷彿有自知之明，我從小倒也少病痛，不吵不鬧，而且知趣地離我那飽受精神與物質折磨、脾氣暴躁的母親遠遠地。

我們母女能以言詞溝通、討論事情時，已在我念大學之後了。母親對我自小的「不親」，雖不至於耿耿於懷，至少感到不解。成長後，她對我們三姊妹提起小時候的事，她說，三個女兒當中，我最少挨罵招打，但就是最怕她，總離她遠遠地。有時候不小心從她面前走過，每每「嚇得」絆倒。她如在吃飯，沒有主動叫我吃，我也絕不敢靠近餐桌；大概三歲時，我曾有一次於午夜「離家出走」，走了約一公里的路，找到同住汐止鎮上的外婆家（可能當時母親打牌未歸）。外婆家的房子呈長形，有三個進落，她睡在最裡面的進落，根本聽不到我在前門外淒厲的叫喊聲。是隔壁鄰居聽到了，從後門叫醒我外婆，才救了我。諸如此類事，不勝枚舉，我倒不記得這些不愉快的童年往事。

大概自小在家沉默寡言，長大後偶而說話，就比較顯得有「份量」。前頭說過，父母親對生活瑣碎事，無事不吵。念高中時，我為此恨不得他們離婚，只是當時沒膽量提議。

大學時候，心智稍微成熟些，開始懂得勸個性溫和的父親讓步些，父親倒也常聽我的。母親逐漸把她直接跟父親對話而行不通的事，交給我向父親遊說，我們母女才開始有話題可說了。

但是，「江山易改，本性難移」，從小的生活環境，造成我獨立自主、不輕易訴苦，及不夠溫柔的個性。在婚姻受挫，決定簽字仳離的這種「大事」上，我事先也沒跟家人商量，母親事後知曉非常傷心，卻只向妹妹抱怨，我如此把她當「外人」看；在我面前，母親一句話也沒提起，而後搬來與我同住，幫我照顧孩子，好讓我安心出外做事，直到我們出國。

我們姊妹三人，母親一向認為妹妹最為機伶，反應快，只有她遺傳有母親的數學細胞。妹妹也的確如此，她到餐館吃一道好吃的菜，到百貨公司看到一件喜歡的衣服，無師自通，回家依樣畫葫蘆，雖不見得全部「拷貝」，也有八、九分像。

妹妹也最孝順。姊姊遠

楊家三姐妹：左起為姊姊楊寶子、妹妹楊美智與我

嫁台中，我出國後，只有妹妹一家就近照料獨居在汐止的母親。一九八八年六月，妹妹因意外故去，「白髮人送黑髮人」，母親的世界剎那間崩潰了。從小到大，碰到三餐不繼時有、病痛無錢就醫時有、吵鬧憤怒時有，我從未看到堅強的母親因此流出一滴淚水來。現在，目睹母親望著妹妹的遺像老淚縱橫，我內心的驚嚇與受到的震撼，豈是言語所能形容？

然後才聽親友提及，母親一向認為，三個女兒當中，我是最「弱」、最叫她操心的一個。她認為，我個性倔強，處事不圓滑，婚姻不幸，偏又攜兒帶女，遠走海外，獨自謀生，萬一遭遇什麼急難，才真叫天不應，叫地不靈。

託人飄洋過海送來那八卦項鍊，原是一個老母親哀求那不甚可靠的冥冥之神，照顧她已無力再照顧的女兒。

我捧著這幾錢重的項鍊，內心沉甸甸的，有如千斤萬擔。

後記：母親已於一九九九年九月在汐止病逝，享年八十六歲。她病重時，正逢我罹癌進行化療期，因身體太虛弱無法返台。我隱瞞不曾告訴母親得了癌症，但在她過世前的最後一次通話中，心理崩潰，我在電話中嚎啕大哭，告訴她：「過年我一定會回家看妳，一定要等我回去！」母親終究沒等我，獨自先走了。沒能見她最後一面，陪她走完人生的最後一程，是我心中永遠的痛！

鐵齒

二〇一四年初因腦下垂體腫瘤開刀後，造成甲狀腺功能衰退等後遺症，身體一直不適。隔了幾個月，信佛的朋友勸說，有兩位法師週末要在舊金山主持祈福法會，希望我去參加，接受法師祈福。我「嗯嗯」聽著，不置可否。她嘮叨多次，我聽煩了，回嘴說：「就算釋迦牟尼親自來主持祈福法會，我也不去！」

朋友說：「妳就是鐵齒！」

「鐵齒」，好熟悉的字眼！這讓我想起我那往生十多年的老媽。少女時代，老媽三不五時就丟給我這兩個字。

現在，仔細回想，我的「鐵齒」基因還不就是來自我老媽。

猶記得，小時家裡逢年過節拜拜，要請示神明保佑，都是父親持香擲筊祈求。偶而父親外出，需要母親代勞時，她很難得到神明的痛快應允，總是看不到正反兩面的筊；高中畢業時，因家境不好，母親不希望我上大學，雖不阻止我報考，卻擔心我考上。考前一陣子，她難得每天三炷香，祈求家裡神案上的土地公，千萬不要讓我考上。果然，「平時不燒香，臨時抱佛腳」不管用，台灣民間信仰認為「有求必應」的土地公，也沒聽她的，我還是考上了大學。

不像現在醫學鼓勵開刀病人盡早下床走動，以促進傷口早日癒合。母親三十多歲時因子宮肌瘤，在台北馬偕醫院開刀。七十年前，這是個大手術，開刀傷口怕有十來公分長，可她在手術後第二天早晨，就已經坐在床上和隔床病人聊起天來，害得護士擔心不已，唯恐她大動作會導致傷口裂開。

我母親最鐵齒的一件事，與「二二八」事件有關：

民國三十六年（一九四七）「二二八」事件發生時，我們家住汐止中正路老街。父親當時常年生病，母親只好負起養家的責任。她到虎尾我姑媽開設的旅館幫傭，每月寄錢回汐止養活一家大小。

「二二八」事件發生後，全台從北到南發生暴亂，而當時又沒有電視報導，騷亂情況不明，謠言滿天飛。母親在虎尾聽說「台北死了很多人」，汐止離台北不遠，她不知道家裡情況如何？家人是否已經喪生？她必須回家看看。於是，從虎尾搭火車慢車往台北，車到新竹，有人上車勸旅客，絕對不能再往北行了，非常危險，「到台北全車人定死無疑」。我母親不聽勸，因為新竹離汐止還太遠，她不能下車走路回家。

火車繼續往北開，到了桃園，站長上車勸大家不要去台北，非常危險。慢車在這裡停了兩個多小時，有人聽勸下車了。也有人堅持再繼續往北，我母親就是其中的一位。車子到了板橋，母親還是不下車。火車進萬華站，列車長宣布車行到此為止，打死他也不開進台北市。母親只好下車了，準備徒步從萬華走回汐止。

當時火車慢車的座位是，四人面對面而坐。我母親搭的這班車到新竹時，上來一個

「少年家」，坐在她對面。母親旁邊坐的是一位少婦，抱著剛出生不久的嬰兒。母親說，當時沿途各站停車時，就有本地人上車查問男性旅客，遇到不會講閩南話的，就拖下車毒打一頓，有人甚至被踢下月台去。

坐在母親對面的這位年輕人，會說日語，但說閩南話有腔調，看到這情況嚇得直發抖。我母親判斷這年輕人鐵定不是本地人，不幫他的話，可能有生命危險。她靈機一動，告訴身旁少婦，把嬰兒「借」給這位年輕人抱抱，讓旁人以為他是在「搖」嬰兒，不會想到他是因害怕而發抖。

少婦到桃園時抱著嬰兒下車了，年輕人跟著我母親到萬華下車。母親擔心他如果單獨走出站外，可能會被民眾或鎮暴軍隊打死。母親身上背了二斗米及幾件給我們小孩買的新衣服，帶著這個年輕外省人，走到萬華一個朋友家求助。母親向她朋友「保證」，「這是一位好的外省人，會說日語」，請他們無論如何要掩護他直到可以安全離開。

把這位外省年輕人安置好後，母親決定走路回汐止。她沿路問人到基隆怎麼走？走到北門口，看到一個十六、七歲的「少年家仔」屍體躺在地上，路邊人指指點點地說；「真可憐啊！這少年人每天從桃園來這裡賣肉粽，就這樣被打死了！」母親後來找到一輛載散客到基隆的車子，每人二十元。她趕緊跳上車，車行沒多久，就看到「王爺車」（鎮壓暴亂的軍車）擋住叫客的車子，臨檢旅客，沒見到青、壯年男性，才予以放行。當時官方規定，三個男子在路上就不能一起成行。她注意到，「王爺車」上的軍人，站在車上，拿著刺刀，對著四個不同角落的方向，氣氛恐怖！

母親終於安全回到汐止，小孩及親友都平安無事。那一陣子，家家戶戶都被告知，每天下午五點就要關緊門戶，不要外出。環繞著汐止的基隆河，在與南港交界的「橫科」地帶，曾經發現有成堆的死屍，是用鐵絲一個接一個綁著推下河裡溺死的！

母親說，親身經歷「二二八」事件，當時不感到害怕，但事隔很多年後，每想起這段經歷，就不寒而慄！

母親出生於民國四年（一九一五年），只受過日本小學五年的教育。在台灣光復後至「二二八」事件發生，以及後來的白色恐怖，導致很多本土出生的台灣人，憎恨「阿山仔」（外省人）。一向「雞婆」好打不平的老媽，並不跟著這麼想。她堅信「冤有頭債有主」，就事論事，不應傷及無辜！

一九八四年我帶著三個孩子移民來美，每年利用工作假期回台探親。一九九九年我罹患癌症，想到治療期間，勢必無法返台探望母親。事先告誡外甥、外甥女，好好照顧阿嬤，且不可讓她知道我得了癌症。

但天不從人願，這一年，高齡八十五的母親宿疾氣喘毛病加劇，不時進出醫院。我姐來電說，老媽吃得很少，常在昏睡中。那時，我還在化療中，身體衰弱無法回台北。打電話給老媽，懇求她「一定要多吃點」，並向她「保證」年底一定回台過年。拿著話筒，說著說著，我不禁放聲大哭起來。這大概是我成長以來首次對著老媽飆淚！只聽電話那頭的她說：「不要哭，不要哭，妳這樣哭我好心酸！」聽得出她口氣的無奈，但看不見她是否也落淚！母親一生中我只看過她落淚一次：妹妹意外死亡時。

母親楊林扁

老媽究竟沒聽我的懇求，那年中秋過後沒幾天，她神志清楚地往生了。我沒能回去奔喪，事後一直悔恨，她會怨我沒有回去探望她嗎？隔年我回台北，跟老媽的乾女兒何美珠提起這件事，她說：「妳媽沒怪妳，我早跟她提過，妳在治療癌症才沒能回來看她。」

問我姐，老媽臨終時，有沒有提及我？姐說沒有。直到嚥下最後一口氣，老媽配合我事先給外甥們的交代，始終佯裝不知我得了癌症！既沒在電話中跟我點破，也沒跟家裡任何人說開。

近二十年來，不管我對她與日俱增的思念，我那鐵齒老媽，大概還在另一個世界跟我較量誰更鐵齒？她，從未入我夢來！

天燈下的故鄉

每年元宵節，新北市平溪地區有個國際性的活動——放天燈。當天，猶如南台灣的「鹽水烽炮」，動輒有數萬人前往參觀，熱鬧非常。

二〇〇八年十月回台探親停留時間，由好友梓萱陪同，專程走訪了有「天燈的故鄉」之稱的平溪，終能一償我多年來的宿願：即尋訪我外婆的家鄉，也是我母親的出生地。雖然我小時候也來過，畢竟那是四十多年前的事了。

我母親有兩個媽媽：一個生母，一個養母。生母一生都住在平溪鄉，母親出生才十三天，就被送給住在汐止的顏家撫養，但母親跟著養母姓林。記得小時候，我們稱平溪的外婆為「石底阿嬤」，汐止外婆為「汐止阿嬤」。

長久以來，我一直以為平溪以前叫「石底」，所以母親才讓我們叫平溪的外婆為「石底阿嬤」。現在才搞清楚，原來平溪鄉位於台北縣東北方基隆河上游，東與瑞芳、雙溪相接；南與坪林毗連；北和基隆、汐止為界；西與石碇相鄰，面積約七十二平方公里。劃分為薯榔、菁桐、白石、石底、平溪、嶺腳、東勢、望古、南山、十分、平湖及新寮十二個村。全鄉屬於狹長的丘陵縱谷地形，平原稀少，舉目可見層峰翠巒，是一獨立且布滿芬多精的綠色山城。

平溪外婆生有二男五女。外公在茶園耕作，五十歲就因急病驟逝。外婆家境貧寒，只留下兩個兒子，也就是我的大舅、二舅，親自撫養。至於五個女兒，包括我母親在內，都送給在台北縣境內不同的人家做「媳婦仔」（閩南話「養女」的意思）。

我母親非常幸運，養父母對她疼愛有加，自小就是個「媳婦仔王」。她出生十三天就離開生母，因此，終其一生，與生母十分疏離。台灣習俗，農曆大年初二女兒必須回娘家。我母親從來不願遵從習俗，在這一天回平溪去見生母。大概從我小學四、五年級起，就代我母親執行這項任務了。我到現在還納悶，母親為什麼從不叫大我三歲的姐姐代她去呢？

猶記得，每年大年初二早晨，母親就叫我穿上最好的衣服（通常都是學校制服），單獨一人從汐止站搭往宜蘭線的火車，在三貂嶺轉車到平溪。外婆家就在火車站附近，我總在中午以前就到達，午餐滿滿一桌年菜，大舅一家人和外婆同住，當然同桌吃飯。外婆總會給我一隻雞腿，飯後再賞一個紅包壓歲錢（2元？），下午搭火車回汐止。有一年，大概是我初中的時候，因在火車上看書，錯過三貂嶺站轉車，但我並沒有因此急得跳車，還好整以暇地到下一站才下車，再花一個小時等待火車從終點站回頭時再搭乘。那時，小小候車亭除了我，闃無一人，但面對群山翠巒，我安然自在，心裡並不害怕。

我從未見過「石底外公」，他在我出生前就過世了。聽母親說，早期，平溪人生病時必須到汐止看醫生。有一年，外公得了急性盲腸炎，親友拆一扇門板把他從平溪翻山越嶺，抬到汐止看醫生。醫生看診後搖頭說：「太慢了！回家去吧！」醫院和她養母家同在一條街上，親友不死心，告訴醫生說想把病患暫時放在汐止他女兒家（指我母親養母家），以方便醫治。醫生問明是汐止哪一個人家後，更是搖頭說：「還是回家去吧！」

我外公就死在回家的路途上，荒郊野外一棵大樹下，那地方叫「殺人嶺」（日治時代槍決犯人的地方）。母親當年十四歲。她說，因為生母家一貧如洗，雖然一具棺材才幾十元，還是靠這家那家親友各捐三、兩元，她的養父捐最多十元，才將她的生父就地埋葬。生父死後多年，她生母沒去「撿骨」。最終，連墳墓也找不到了。

我代母親年初二回娘家的任務，大概從小四起到進高中後才停止。之後，我母親自己照樣不回娘家，也沒有另派我姐或我妹代班，此事就這樣不了了之。後來多次聽母親說，每當石底有人來傳話說「你老母病了」，她就發愁，不是擔心老母親的病情，而是擔心，萬一老母親因此有個三長兩短，必須回去奔喪，到時候她「哭不出來、沒有眼淚」怎麼辦？

母親和外婆長得很像，簡直是一個模子印出來的。外婆話不多，印象中她很有「威嚴」，所謂「不怒而威」。我已不記得跟她有過什麼對話，讓我至今印象深刻的，還是她給我整整的一隻雞腿，及幾塊錢的壓歲錢。要知道，在那物資極端匱乏的年代，一年當中，只在這一天，我才可獨自享受到「整整的一隻雞腿」，這對一個小孩子而言，是多麼大的誘惑啊！至今刻骨銘心。

我旅美已二十多年。在我出國之前，汐止及平溪兩個小地方，從來沒有上過報紙的頭條；約十多年前開始，先是汐止發生林肯大郡房屋倒塌慘劇，而後連續幾年的大水災，連連淹水，最嚴重時，汐止全鎮三分之二房屋被水淹沒，這都上了台灣報紙的頭條，甚至《舊金山紀事報》也有報導；平溪則因為近年來大力推展國際天燈節，而成為台灣最熱門的觀光景點之一。

平溪鄉元宵節放天燈活動與台南鹽水烽炮，素有「北天燈，南烽炮」之喻。根據平溪鄉十分地區老一輩描述，天燈的施放始自清道光年間，福建安溪移民陸續到達十分地區開墾。因地區偏僻，常有盜匪騷擾聚落。村民於是避難山中，等危機解除後，才由村中壯丁於夜間施放天燈做信號，藉此通知村民返家，當時正是正月十五日元宵節。後來時局雖然安定，「放天燈」活動卻保留下來，成為當地習俗。如今天燈的施放，象徵祈福納喜的活動，每年元宵節吸引數萬人潮參與盛會。

我小時候到平溪外婆家，從未聽人提及有「放天燈」的活動，也是這幾年才從媒體報導得知，所以至今沒親眼看過放天燈。二〇〇八年回台告知朋友想走訪平溪鄉，她欣然同意帶路，還強調鐵路平溪線是台灣碩果僅存的三條「觀光鐵道路線」之一；另兩條分別是集集線及內灣線。

四十多年間不曾涉足平溪鄉，外婆與母親都在八十六高齡時辭世，大舅、二舅也作古多年。二〇〇八年十月去平溪探訪前，我只聽說我的二舅媽仍健在，八、九十歲的老嫗了，還住在外婆的老房子裡。我已不記得外婆房屋地址，但仍然決定「隨緣」找一找這位幾十年不曾見面的二舅媽。

當天，朋友與我從台北火車站搭宜蘭線觀光火車在瑞芳站轉車到平溪鄉。這列車由兩節像基隆至中壢之間通勤列車的車廂組成，車廂內乾淨明亮，寬敞舒適；朋友卻哇哇叫說：「怎麼不是那種木造座位的老骨董車廂？」列車長笑說：「那種老車廂老早淘汰不用了。」

火車車廂都變了，平溪鄉我外婆的老房子還在嗎？抵達目的地前，一路上，我思緒洶湧，兒時代母親回娘家的記憶鮮明，外婆的臉龐不時浮現著。猶記得，母親說，外婆終其一生，精明能幹，八十多歲時還掌管家中財務，每天趿著木屐，滴滴噠噠，親自到傳統市場買菜。直到她去世前，大舅、大舅媽每月所賺的工資，還分文不少地交給老娘親管。

菁桐是平溪線的終站，平溪是倒數第二站。這一天，朋友與我先到菁桐遊覽，參觀了有八十年歷史的菁桐車站、昭和十四年建造的太子賓館（原台陽俱樂部），並到一家名為「皇宮」（原是台陽煤礦員工宿舍，日式木造建築）的茶藝館品茶。之後，才意猶未盡地到平溪。

與兒時記憶中印象不同的是，平溪車站怎麼變成「高高在上」？不記得小時候出車站後要先下台階才能到外婆家。但是，我清楚記得，外婆的房子後院臨著溪流，溪流的另一邊就是山。

我居高臨下，站在火車站前往平溪街道瞭望，景觀與小時印象全然不同。但看見車站右邊不遠一排只有三、四百公尺長、約十多間房屋的街道，厝後正是臨著一灣溪流，溪流那邊就是山。我十分確定，外婆的房子必在其中之一，雖然這些房屋改建過，不是我記憶中的樣子。

我與朋友就順著這條街道走到街尾，不過十來間住宅而已，看到兩位中年婦人坐在厝前聊天。趨前說明來意，告知她們，我大舅、二舅的名字，我要找他們的房子。婦人聽了，兩人不約而同手指同一方向說：「噢！達仔兄（我大舅的名字『林曾達』），厝前停一部機車的那間就是！」就在數十公尺外。我們正要走開，婦人又提起二舅媽的名字，說她正在街尾另一頭和人喝茶。

簡直不敢置信，從平溪站下車不過十來分鐘，我就找到了四十多年已經不曾造訪的外婆的房子，及不曾見面、已八十九高齡的二舅媽。儘管物換星移，人物全非，向二舅媽說明我是誰的女兒後，她一口咬定，我跟我母親長得很像！二舅媽思路仍舊清晰健談，在她家──我外婆的房子裡，不用我問起，她就細數我其他阿姨、舅舅們家族後代的近況。可惜我與他們數十年不曾來往，對他們實在太陌生了，完全無法產生聯想，聽時不解，聽過就忘。我想，從我母親當年抗拒回平溪探望生母的那一刻起，平溪原鄉已成了她的不歸路，指派我大年初二到平溪探訪她母親，大概是試圖要維繫住這份從她出生後已然生疏的親情。

外婆的房子已經在原址改建過，臨街大門從外表看是一樓，實際上是二樓。進門客廳右邊就有往樓下的樓梯。樓下客廳、餐廳、臥房、廚房齊全，還有一處寬敞的後院，臨著流水淙淙的溪流。房屋內部格局與我小時所見，幾近相同。可是在屋內，環顧四處牆壁，居然連一張外婆的遺照都沒有，內心不免惆悵！

滄海桑田，物換星移。小時候大年初二到平溪外婆家，總是細雨霏霏，因為是雨季。沒有熱鬧喧嘩的街道，沒有人來人往的車流，是個非常寧靜純樸的小村落。從來沒有料到平溪鄉如今會成為熱門觀光景點之一，放天燈習俗變成國際性的活動。

其實，平溪鄉也曾經有過繁華的歲月！西元一九〇七年，平溪附近被發現煤礦露頭，而開啟了平溪鄉的黑金歲月，使它搖身一變成為一座繁華的山城小鎮，平溪支線鐵路才因應而建，來此追逐發財夢者最多時曾高達數萬人。一、二十年前，在礦產減少、礦坑災變、國外燃煤進口等多重因素下，當地礦場紛紛關閉，平溪的鉛華逐漸褪色，年輕人口流失，整個村落更顯寂寥。

不過，平溪自有它「天生麗質難自棄」的優勢。一九九二年四月，平溪鄉被台鐵選定為「觀光鐵道路線」，自三貂嶺起至菁桐全長約十三公里，停靠大華、十分、望古、嶺腳、平溪及菁桐六站，沿途經渾然天成的山澗水畔，經過高懸的鐵路，經過漆黑的隧道，更經過民宅和屋頂，加上煤礦遺址獨特的煤鄉風景，以及每年元宵節擴大施放天燈等活動，吸引著一波又一波的人潮前往尋幽探勝。如今，平溪黑金燦爛歲月雖然遠逝，取而代之的「無煙工業」，卻為它注入了新的生命活力。

這次來訪，我不是其中旅人，卻也不想只當過客。重遊兒時地，我對它有了多一分的思親，及相當於尋根的情懷。畢竟，平溪除了是「天燈的故鄉」外，它也是我外婆的家鄉！

摩登原始人

二〇一二年五月中旬，從台北返回舊金山的前兩天，手提電腦突然靜寂不動了。任憑你按哪個鍵，都無法讓它恢復一點聲息。

怎麼辦呢？我不知道可以修理電腦的店鋪哪裡有，只知道住處巷口有一家網咖，也許在那邊可以找到人指點迷津。

還是上午的時刻，網咖內每一台電腦幾乎都有人佔用了，多數是青少年。他們目不轉睛在打電玩，或上「非死不可」（臉書），或推特一番。

我知道網咖不修電腦，只希望有人可以告訴我哪裡可以修電腦。不過，這點小希望也落空了。網咖內的青少年沒人有空理你。問看守櫃台的年輕小姐，她也說不知道！

我捧著電腦，遊魂似地想下一步該怎辦？我沒有「愛瘋」（iPhone）或「愛怕」（iPad），可以從中找出最近的電腦修理店。話說回來，即使有，我也不知如何操作。還是前些時候看了蘋果公司創辦人《賈伯斯傳》後，才大致了解「愛瘋」及「愛怕」的用途！

走到松隆路口，看到一個陽光青少年拿著「愛瘋」講話，就決定請教他了！心裡還在想，年紀大其中的好處之一是，可以倚老賣老，「不恥下問」時不擔心受人訕笑。果然，陽光青少年很熱心就我的問題，撥弄他的「愛瘋」，三兩下就有答案了。他指著「愛瘋」上的街道地圖說：「妳往前走過兩個街口，再右轉不遠就會看到某某電腦公司服務中心。」

早在一、二十年前，報社開始實施電腦化，規定記者學習電腦發稿，這才被迫開始接觸電腦。那時單是打中文稿及將之存檔，我就三不五時出狀況，看著電腦束手無策。對電腦操作這般無能，曾被報社同仁譏笑是「電腦白癡」！

當時負責解決報社電腦問題的是一位兼職人員，「事多錢少」，還要勞駕他開車半個多小時來社上班，面對報社裡的電腦菜鳥們，總是提問一大堆在他看來「不是問題的問題」，當然耐心有限。我們有問題請教他時，他一方面用我們聽不懂的電腦術語解說，同時還在鍵盤上運指如飛，三兩下就可讓電腦起死回生。可是，以我這「電腦白癡」，還是常常有聽有看沒有懂，下次遇到同樣的電腦問題，還是無法自行解決。因此，求他慢慢說，一步一步放慢操作，讓我記下來。他很不耐煩地說：「妳就打（鍵盤）呀！電腦不會痛！」本來就拙於各種手藝的我，被他這麼一罵，學習電腦操作的自信心消失殆盡！

多年前自職場提前退休後，雖然不需上班，卻也沒有閒到「櫻櫻美代子」。每天例行看書、看報、運動、自做三餐等繁雜瑣事，就佔據大把時間。對於電子科技產品日新月異的眾多功能，更理所當然敬而遠之。我不打電玩、不上網購物、不上臉書、不用ＧＰＳ導航、甚至上超市購物多用現金，盡可能不刷卡……。手機只用來接收或打出電話，連傳「短訊」都不會，是個名副其實的「摩登原始人」！

我的一位老美朋友更超過，嬰兒潮出生的一代，年輕時曾是嬉皮，崇尚自然，抗拒科技產品。雖然現在已是銀髮族，數十年來，他家裡沒用過微波爐。有一年，我送他微波爐當聖誕禮物，他堅拒使用，拿去退掉了；另外，不時見他臉頰有刀片刮傷的痕跡，但，他就是抵死不用電動刮鬍刀；對於當今社會上幾乎人手一機（手機），他也不用。不是買不起，而是認為沒必要！看到滿街年輕一族只顧低頭玩弄手掌上的「愛瘋」，他深深不以為然！認為，太多的電子科技物件，造成人與人之間更冷漠，更疏離，每個人內心更孤獨！

然而生活在e世代，影響人們日常生活的電子數位科技產物無孔不入，想要跟上潮流就不能遁逃。在開發或已開發國家社會中，除了仍堅持保持十九世紀生活形態的Amish族外，幾乎每人或多或少需要依賴電子產物，使生活更方便舒適！最近，連我那極端崇尚自然且身體力行的嬉皮老美朋友，也不得不向電子數位科技俯首稱臣，他請了個年輕人幫忙設計個人網站，希望能透過網路增加商機。當然，他還是不用微波爐，不用電動刮鬍刀。

一直以來，我對電子數位科技產品「敬而遠之」。但，最近受到了一點小刺激，使我覺得不該對它們那麼排斥。事件緣由是：我那才二歲半、還包著尿布的孫女兒，小指頭在她媽媽的「愛怕」上撥弄幾下，就能自己找出儲存在內她的照片；另外，還會在SKYPE和我視訊通話，不想再講下去時，舉起小手跟我說聲「阿嬤，拜拜！」後，就會順手關機。前者，我都還沒學呢！

既然無法全然當個電子數位科技產品的「拒絕往來戶」，只好勉為其難開放門戶，視需要讓它們介入我的生活中。我是以「走一步，算一步」，「要用才學習」的心態，隨緣面對e世代！

一日嬉皮

二〇一七年適逢美國嬉皮運動五十週年，我的嬉皮朋友麥可，知道我多年來對上一世紀六〇年代這個影響後世社會經濟政治文化等各方面深遠的嬉皮運動，探討興趣一直不減。於是告訴我說：「讓我帶妳當『一日嬉皮』吧！」

一九六七年六月四日，被媒體稱為「嬉皮」的一批顛覆傳統文化的年輕人，在舊金山金門公園的馬場（Polo Field）舉行「夏日之愛」音樂會（The Summer of Love Concert）。這次音樂會，是六〇年代嬉皮們舉辦的多次大型活動之一，當時有來自全美各地的青年男女三萬五千多人參加。「夏日之愛」後來成為嬉皮所有活動的廣義代名詞。

籌辦一場大型戶外音樂會，至少需要六個月的時間。舊金山至今尚無動靜。網路上報導，有人申請要辦，但市政府兩度否決。問我的嬉皮朋友：「今年會有慶祝嬉皮運動五十週年的免費音樂會嗎？他聳聳肩，冷冷地說：『經驗是不能複製的！』」

當年參與嬉皮運動的眾多年少輕狂者，包括我的嬉皮朋友，都已邁入孔子所說的「七十而從心所欲、不踰矩」高齡

一日嬉皮

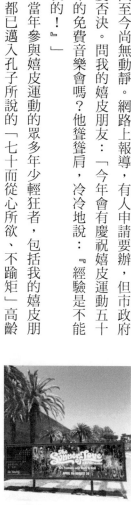

了，曾經滄海難為水，有沒有慶祝嬉皮運動五十週年的「夏日之愛」音樂會，對他們來說都無關緊要。再說，當年嬉皮運動的靈魂人物，多數已經凋零，或遁世不問紛擾不止的世事了。

麥可所謂的讓我當「一日嬉皮」是，參觀正在舊金山金門公園內廸揚博物館（de Young Museum）舉辦的慶祝「夏日之愛」音樂會五十週年紀念（The Summer of Love Concert, Celebration 50th Anniversary）。展出內容包括：海報、照片等嬉皮運動如火如荼時的文學藝術創作，播放當年風行一時的搖滾樂，以及嬉皮流行的服飾等。

在博物館展覽現場，我看到了老朋友、嬉皮運動靈魂人物之一的卻特．漢姆斯（Chet Helms）不少海報資料。漢姆斯已於二〇〇五年六月因病離世。

一九九七年，嬉皮運動三十週年，漢姆斯負責籌劃當年十月在舊金山金門公園舉辦的慶祝音樂會。我的嬉皮朋友麥可得知我有意寫篇報導時，就介紹我去找漢姆斯。在他畫廊發現，「六．四」天安門事件事隔多年，世人已逐漸淡忘了，而他這個白人經營的畫廊玻璃窗上，還張貼著天安門事件中有名叫王維林的示威者，以肉身阻擋坦克車隊的照片！漢姆斯說，中國大陸學生為要求民主而示威，政府怎麼可以派坦克鎮壓？張貼這幀照片的用意是，希望世人不要忘記世界上還有很多國家的人民尚未能享受自由、民主與和平。

「自由、民主與和平」，是漢姆斯一生崇尚的目標。六〇年代美國介入越戰泥淖不能自拔，導致全美各地青年學生發動示威，撕毀徵兵卡，強烈反對越戰，也是造成嬉皮運動如火如荼地興起原因之一，而以舊金山「海特—愛胥布瑞」區為嬉皮運動的發源地。當時在舊金山佩吉街開設Avalon Ballroom的漢姆斯，就是嬉皮運動的靈魂人物之一。

漢姆斯生性悲天憫人，富高度的同情心，尤其對年輕人。上一世紀六〇年代，他在舊金山開設Avalon Ballroom時，是個集「藝術、劇場、戲院、搖滾樂及秀」等供社區年輕人正當活動的娛樂場所。當時，他准許每晚給六十個名額讓窮孩子免費進場，有專人教他們跳舞。可是，馬連縣有些富家小子，謊稱他們是窮人家子弟，也要求免費進場。結果，Ballroom像個不設防的夜總會，從來沒有人在進門處認真收票。可想而知，漢姆斯經營的Ballroom只賠不賺。但此處是六〇年代嬉皮們的聚集處，漢姆斯本人則成為當時最迷人、最受歡迎的嬉皮代表性人物，迄今仍為嬉皮們所樂道。

我的嬉皮朋友承認，他當年常去漢姆斯的夜總會，當然，有時候也沒買票就進場。迪揚博物館展出的海報中，漢姆斯的夜總會及他經營的Family Dog樂團的演出節目佔多數，迄今仍聲名不墜的女歌手瓊．拜雅（Joan Baez）也曾在他的夜總會演唱過。

另外，像「愉悅死者」樂團（The Grateful Dead）、Big Brother、Jefferson Airplane、Grace Slick和英年早逝的女歌手Janis Joplin等海報，也佔了不少。

展覽場中，我看到另一位曾受我訪問的白人攝影家吉恩．安東尼（Gene Anthony）的照片作品展出。這位拍過無數嬉皮運動經典照片的攝影家，在我寫「嬉皮運動三十週年」專題報導時，曾助我一臂之力。他慷慨贈送我幾張嬉皮運動的經典照片，並准許我隨文章刊出。這篇報導讓我榮獲一九九八年北加州華文媒體最佳專題報導獎。我在網路查出，他現在定居內華達州。

我和嬉皮朋友是在星期假日到迪揚博物館參觀展覽。假日的金門公園，像有慶會似地人山人海，博物館內觀眾也是摩肩接踵，男女老少都有。不過，只看到一位頭髮全白、一臉滄桑的白人，身著當年很多嬉皮喜愛的彩虹圖案套頭運動衫，擠在人群中閒逛，此時此景，想必勾起他年少輕狂時的諸多回憶。我的嬉皮朋友則不時地指點我，雖然是樂團或歌手演唱的節目單海報，可是設計者天馬行空的想像，或嘲諷當時的政客虛假等等，還能每週創新一張，免費供人索取。其中有些深具藝術價值的海報，現有些人爭相收藏！

在其中一處展廳，四面牆展現燈光秀，配合播放嬉皮運動時期樂團或歌手演唱的搖滾樂，只見年輕參觀者三三兩兩躺在四個角落厚實的軟墊上，想像當年嬉皮運動無數大大小小音樂會舉行的瘋狂情況吧！

我無緣參與上一世紀六〇年代的嬉皮運動，但有幸現場參加一九九七、二〇〇七年慶祝「夏日之愛」三十及四十週年兩次在金門公園舉行的音樂會，聞到了大麻菸味，見識了青年男女在漫天震響的搖滾樂中忘情地舞蹈，認識了一些嬉皮朋友。認識他們時，個個生活如「凡夫俗子」一般正常，以至於我無法想像他們嬉皮時的模樣！但，言談間不難了解，他們都相當自豪曾是「參與改變世界的一分子」！

就在參觀展覽後的第二天，我如常到住宅社區的健身房運動兼泡湯，包括我在內，七、八位年齡都達「從心所欲」的婦女，圍坐在圓形熱水池內，邊泡湯邊聊。其中一位問道：「妳們參觀了迪揚博物館內『夏日之愛』音樂會五十年展覽了嗎？「我是嬉皮，我參加了很多音樂會……」還真巧，她是我認識的第一位自承是嬉皮的女士。名叫莎拉的她說：「當年我們抽大麻，噢！不敢吸迷幻藥……，好像離經叛道，現在回想真好，青春不留白……」我們在座其他人，沒人有她的經驗，羨慕死了！

迪揚博物館這次展出的內容，只是嬉皮運動的一部分。當天我沒聞到大麻，也沒看到迷幻藥，沒有搖滾樂團現場演唱，更沒能親耳聽到著名詩人艾倫·金斯堡朗誦〈吶喊〉……。

雖然經驗無法複製，我的「一日嬉皮」，還是足夠回味良久！

夕陽無限好

六十出頭，還不到退休的年齡，服務的報社推出一項優退辦法，鼓勵資深員工提前退休。我盤算一下優退金足夠償還銀行房屋貸款，便立刻提出申請。完全不顧此後兩年每月要自付三、四百美元的醫療保險。

正式退休第二天，就和朋友飛往南美祕魯，探訪「失落的城市」馬丘比丘和亞馬遜雨林，享受暫時遠離文明的樂趣。

自從一九九九年罹患癌症得以倖存後，我深切體認「多活一天，就是賺到一天」，學會「放下」，開始努力「活在當下」！因而這十多年來，順境時感恩，逆境時也無恨，生活過得有滋有味！

「退休」是人生中的一個重大轉折點。據說，有人剛退休時很難適應。原來朝九晚五，一下子空出這麼多時間，覺得一天變成四十八小時般的漫長，頓時不知如何是好。如果沒有其他嗜好取代工作，打發時間，身心疾病伺機侵入，人一下子蒼老幾十歲。

我很幸運沒有上述「退休症候群」問題。數十年的「無冕王」生涯，幾乎每天都在「截稿時間」的壓力下過活。退休壓力全失，「無事一身輕」，好不快活！記得剛退休時，朋友問：「退休後最想做什麼？」我說：「我不知道最想做什麼，但我知道，最不想做的，就是寫稿。」

記者生涯比其他許多行業享受「特權」，小如考駕照（體檢不過，給通過）、搭飛機自動被升等，大如隨時不經通報進出部會首長辦公室等，官員也不敢給你臉色看！但在退休後這些已經習以為常的「特權」，剎那間都消失無蹤了，難免令人有「人走茶涼」、「世態炎涼」的感慨！曾見有些同業退休後長時間心理無法適應這種改變，與友朋談話間一開口不免「想當年……」，憤世嫉俗，怨天尤人，好像天下人都對不起他（她）。

還好，早在大學畢業進入新聞界時，我就有了「心理建設」。認定一時享受的種種特權或所謂的「尊敬」，只不過因「你是××報記者」，而不是因「你是某某人」。退休後，「無冕王」王冠已丟，很容易就被「人民的大小主人」視為路人甲、路人乙了。自己還是識趣點，不要不知眉眼高低。

擔心年華老去，人之常情，女人尤其。我倒沒有這種恐懼。在向服務的報社申請優退時，還巴不得已滿六十五歲。因為不滿六十五歲，就不能享有美國政府的醫療保險，必須向私人公司買保險，保費特高，每月少者數百，動輒上千。有癌症等重大疾病紀錄者，保險公司甚至可以拒保。我的一位洋人朋友四十多歲罹癌，因為自己是「一人公司」的雇主，要自付醫療保險，還沒有保險公司肯承保。透過加州政府的一項特別醫保計畫，他才得以找到一家保險公司承保，每月自付保費高達一千六百美元。滿六十五歲生日當天，他找我開香檳熱烈慶祝，像是中了大樂透。

從孩子離巢到外州求學就業後，我就獨居。近年他們看老媽日漸衰老，曾建議遷居到他們居住的城市，以便就近照顧。我考慮再三，還是婉謝他們的孝心好意；住舊金山已三十多年，周遭環境熟悉，老朋友聚集，平時大家都有照應，「遠親不如近鄰」。

美國作家馬克吐溫曾為文讚美舊金山有「最冷的夏天，最暖的冬天」！這裡老美不管熟識或陌生，見面第一句問候語，不是老中習慣說的「吃了沒？」而是望一下天空然後讚嘆地說：「多麼美好的天氣啊！」當我以「氣候因素」作為不願搬離舊金山的理由時，兒子忿忿地說：「親情居然比不上氣候！」

其實，獨居並不表示一定寂寞無聊。我的鄰居常說：「妳一個人住太寂寞無聊，過來聊天吧！」我說我很忙，她總不相信。大概「物極必反」，年輕時整天在外跑新聞，早出晚歸，退休後才有機會當「宅女」。我也確實享受在家當「宅女」，躺在沙發聽音樂，眼睛瞪天花板，很有「幸福感」。

我雖然偶而提筆，已不是為了「截稿時間」。更多時候，我寧讀不寫，輕鬆享受古今中外名家嘔心瀝血的著作，動動腦筋，預防失智。這個醫學稱之為「阿茲海默症」的老人常見疾病，比癌症更可怕。癌症病患腦袋清楚，不堪忍受病痛時，還有能力自行了斷；失智老人「六親不認」，晚期還會有暴力。偏偏他們的生命力特強，好像可以活到天長地久，帶給至親莫大壓力與痛苦。

人老記憶力難免衰退，日常生活忘東忘西：眼鏡掛在頭頂上找眼鏡、從樓上下樓就忘掉要拿什麼東西。我們無奈接受身體機能的退化，但驚恐可不要中鏢得了失智症，時時祈禱諸神憐憫，保佑不要讓我腦袋退化！人可以藉換心、換肝、換肺等手術延長壽命，但壞了的腦袋是不能換的！

我相信人生自有定數，強求不得，尤其是關於生命的長度。俗語說：「閻王要你三更死，不能留人到五更。」它猶如「天要下雨，娘要改嫁」，都不是我能掌控的，所以不強求。最近，醫院通知我做癌症每年的追蹤檢查，我打定主意，如果不幸復發，我將不做任何治療。至少這是我能掌控選擇的。而以我的年齡，如有個三長兩短，也不算夭折。

其實，古代先賢孔老夫子對於人生每個階段，早已設定了目標：「三十而立，四十而不惑，五十而知天命，六十而耳順，七十而從心所欲不踰矩。」。我已屆「從心所欲」之年，對於日常生活食衣住行，選擇順其自然，從心所欲。對於什麼養生、防癌、抗癌等種種醫學研究的正式報告，或民間偏方，一概去他的！現在能「吃得下、睡得著、拉得出」，就要感恩，兩手合掌呼聲「阿彌陀佛」了。

前台大教授、文學家兼書法家臺靜農先生曾寫自勉聯語：「不養生而壽，處濁世而仙。」從心所欲，順應自然，深得我心。

我無法預知何時是我的人生終點，但在此之前，我仍將邁著蹣跚步履，用有限視力，繼續觀賞人生道路兩旁的風景，直到肉體不支倒下。

夕陽無限好，雖然近黃昏！

輯二

根在「水返腳」

汐止老街人，老街事

二〇一一年我回台停留二個月，朋友們問我何以這次待這麼久？我說除了開會外，最重要的一件事就是「尋根」，探訪我離開多年的故鄉「水返腳」。現在它法定的名稱是「新北市汐止區」。

我的朋友們聽了噗哧一笑：「汐止？什麼『尋根』？」她們以為尋根一定是去中國大陸。我一九九三年首次到中國旅遊後，二十多年來，陸續走訪了不少大小城市及知名，或鮮少觀光客卻具有歷史意義的景點。只有一種心情：我只是個觀光客！對中國大陸，從來沒有萌生所謂的「尋根」意念。

對我來說，我的根是在早期稱為「水返腳」的汐止。我出生在「水返腳街」，即現在的中正路，如今被稱為「汐止老街」。現代化的新北市汐止區，我對它全然陌生。我記憶中的汐止，許多的人與事，景與物，在我成長過程中都在腦袋中留下了鮮明的烙印，迄今清晰如昔，彷彿我不曾離開它太久！

「汐」說從頭

汐止舊名水返腳，此地名的源起，是因為基隆河受海水潮汐影響，潮漲到此為止，故稱「水返腳」；日治時期取地名原義，改和式地名「汐止」（shiotome），並沿用至今。水返腳位於台北盆地東北隅，基隆河中游，西北方為大武崙丘陵，東南方是南港山脈，四周有大尖山、姜仔寮山、五指山等。全區地形多元，僅在基隆河沿岸有狹長的平原，氣候常年多雨。

汐止境內昔為凱達格蘭平埔族（峰仔峙社）所在地。根據余文儀所著的《續修台灣府志》所記載，在一七五八年（乾隆二十三年）前後，漢人已在此形成街肆，沿用平埔族的舊名稱為「峰仔峙庄」。發展至今，算算也有二百五十多年的歷史。

清咸豐十年（一八六〇）台灣開港後，許多外國人來台設立洋行進行貿易。淡水至大稻埕（今迪化街附近）間，機動船隻往來頻繁，商人溯淡水河而上，沿河收購茶葉。汐止茶山遍布，附近山區的茶農，如平溪、石碇、瑞芳等地，先將茶葉運至水返腳的茶館，將茶葉精製好後，即利用基隆河運至大稻埕；又由於汐止位於基隆河中游，有許多支流深入附近山區，無形中使汐止成為附近山區土產輸出及雜貨輸入的集散地。

「吾生也晚」，沒能親眼目睹中外商賈利用機動汽船頻繁往來基隆河道最榮盛時期；吾生也不晚，在汐止今日呈現與往昔全然不同的面貌之前，我曾有二十多年的時間，生長在如今人們讚許、感嘆或惋惜它風華不再或已然消失、但極具有歷史意義的人文景觀中，有幸親炙它們的氣息與脈動，感受它們的溫暖與擁抱。縱然我離鄉已久，居住他鄉的時間遠超過汐止，我仍認定，昔日這被稱為「水返腳」的汐止，是我的根，是我永遠的家園。我成長過程中的生活點點滴滴，如今就像一部紀錄片，片中呈現的景象雖然老舊，卻能忠實清晰地反映我在「水返腳」的歲月！

中正路是汐止最早開始的一條商業街，素有「汐止第一街」的美譽，過去的發展留下許多精彩的歷史空間，如：牛稠頭碼頭、保甲路遺址、濟德宮（媽祖廟）、忠順廟（能久親王神社遺址）、汐止公園（清末石碇堡遺址）、公有市場（日治七星郡市場遺址）、農倉（汐止公學校遺址）、華南銀行（日治衙門遺址）、汐止教會、隘門遺址等。而老街亦不乏超過三代經營的老店，如：蔘藥行、醫生館、香舖、棉被店、布商、茶行、米店、打鐵店、百貨行、冰廠等，使得老街目前仍是深具地方特色的居民生活消費空間。

我們住在現稱為「汐止老街」的中正路一七四號，房屋建築呈狹長形，一般的店面寬。最前頭是店面，接著中間有走道，兩旁各有兩間臥房。再下去是天井部分，有廚房、廁所及一口水井。再往裡走，格局和前頭一樣，兩邊各有一客廳兼餐廳及兩個臥房。之後就是後院子，沒有竹籬或圍牆。後院外就是一大片竹林，基隆河從旁流過。

醫生館夜半犬吠聲

小學時，老師總是給一大堆作業，我白天貪玩不做功課，晚餐後寫沒幾個字就瞌睡連連，忙於「顧三頓」的父母從來不管我的功課。因為作業沒做完，我經常自己半夜驚醒起來，爬上房間內五斗櫃上就著一個小板凳寫作業。窗外烏鴉鴉的，多雨的汐止總是淅瀝淅瀝地下個沒完沒了。隔鄰不遠醫生館的狼犬，半夜經常哀嚎不停。從小聽大人說，夜半狗哀嚎，是因為牠看到人眼看不到的鬼魅出現，這更增添了恐怖氣氛！我覺得自己像個被遺棄的孤女，沒人關愛，淒慘無比！父母沒有逼我做功課，七、八歲的我，就這樣一手抹眼淚，一手寫作業！

小時候經常看病的兩家醫生館有兩間：一就是離我們家只三、四戶，內兒科醫師余祖添的診所。夜半經常哀嚎的狼犬，就是他家飼養的；另一間經常光顧的醫生館是座落在中正路街尾的「和安醫院」林坤萍醫師。

一九四五年初，二戰近尾聲，日軍已是強弩之末，卻仍做困獸之鬥，徵調了五十九位台籍醫師、三位藥劑師及八十位醫務人員，搭上「神靖丸」，從高雄港出發，開往南洋前線，那時太平洋上空已是美國空軍的天下。汐止的林坤萍醫師，是被徵調的五十九位台籍醫師之一。當年一月十二日，「神靖丸」行駛至西貢外海被炸，全船三百四十二位乘客，死亡二百四十七人。林坤萍落海漂浮數日僥倖獲救，回到汐止家鄉繼續執壺，服務鄉梓。

他的兒子林勝藏是我的小學同學。

汐止神社「忠順廟」是我的教室

汐止神社建於一九三七年（昭和十二年），稱為「能久宮」，祭祀日本北川宮能久親王。一八九四年，中日甲午戰爭清廷慘敗，被迫割讓台灣。一八九五年，能久親王率領日本近衛師團自北台灣三貂嶺澳底登陸，一路進軍台北城。當時汐止是日軍前進台北的中繼站，能久親王曾駐紮於汐止忠順廟的現址。近衛師團停留台灣半年，能久親王進軍南台灣時染病（一說是中伏受傷），在台南去世。日本政府將能久親王曾駐紮的汐止住所定為「遺跡所」，命名「能久宮」。

台灣光復後，能久宮改名「忠順廟」。現在從外觀看來，汐止神社原建築應已遭拆除，忠順廟是中國式的寺廟建築，但廟宇周遭仍可看到神社留下的遺跡。例如：石獅和石燈籠。石燈籠刻有「昭和十二年」、「昭和十四年」等字跡，以及奉獻單位的名稱等。

一九四九年，大陸政局變色，國民黨政府帶著上百萬軍隊撤退來台。一時之間，沒有足夠的軍營可以安置國軍部隊，就徵用學校教室安置士兵，教室被佔用了學生只好到校外上課。我就讀汐止國小，一九五〇年升三年級時，學校安排我們在「忠順廟」上課。我家離忠順廟很近，走路大概三分鐘就可到。對我來說，到寺廟上課如魚得水，比到學校上課還高興。因為從我家到學校，走路大約要花一、二十分鐘，到忠順廟只要三分鐘。

現在忠順廟的周遭景觀，跟我逾半世紀前上課時有很大的不同。至少，就我記憶所及，廟前那座鳥居，沒漆成今日所見的鮮紅色；廟前連接大同路的一座石橋如今已被拆除，澈底消失了。我上高中一年級時，還曾在石橋上照了一張相，這是我生為汐止人，僅有一張有關汐止「古蹟」的照片！

基隆河的嗚咽

早期基隆河水量豐沛尚未淤積，從平溪（石底）迤邐至此，由台北注入淡水河後再流入海中。因海水潮汐至水返腳而止，使這段河道行船便利，成為水返腳先民及附近鄉民出入的主要交通要道，民眾進出台北城買賣貨物或辦公洽事，都在濟德宮（媽祖廟）的牛稠頭上下渡船。也因此地是海水潮汐的界點，又是基隆河水運的終點，造就了水返腳早期的繁榮及人文的鼎盛。

汐止多雨。我小學五年級時，一個雨後放晴的日子，泥土地的操場還滿是小水坑。學校突然下令舉行全校大掃

左：我與故鄉汐止古蹟唯一的連繫，民國四十七年九月在忠順廟前的石橋
右：忠順廟前的鳥居

除，因為第二天上午台北縣教育局督學要來查訪。督學的考評關係校長的升遷或去留。於是，當天下午我們停止正常課程，奉命打掃教室。每班學生像被打了蜂窩似的蜜蜂，提著小水桶從教室飛進飛出，幫忙提水供同學擦洗課桌椅，沖洗教室及走廊水泥地。

校園內的自來水龍頭究竟有限，排隊等待取水的學生排了一大串。學校臨基隆河，有些學生就跑到基隆河邊取水，因此發生學生溺斃的慘劇！

大雨過後的基隆河，水量充沛水流急湍，河邊泥土鬆軟。有位女生到河邊取水時不慎滑倒，掉入河裡。有兩位男生剛好也在那邊取水，見狀立即趨前伸手想拉住那位落水女生，結果兩位男生也相繼滑倒掉入河裡。

幾乎就要全部滅頂了，剛好有一條小船划過，船夫見狀立即跳入河中救人。兩位男生幸運獲救，最先掉入河中的女生，船夫沒看到她，以為只有兩個男生落水，女生不幸溺水喪生。記得當時學生掉入河裡的消息傳出，學校也不知道到底有幾位學生掉到河裡，各班導師立即把學生關在教室裡點名數人。我們從教室窗口看出去，好像全汐止的學生家長都跑來學校了。他們心焦如焚地跑過一片爛泥巴操場，衝向教室，尋找他們的子女。

在這場悲劇中，獲救生還的兩位男生之一林勝藏，是我一至四年級的同班同學。他的父親就是早期汐止名醫林坤萍。他的「和安醫院」，是我們家大小有病時光顧的醫生館之一。

至於那位不幸溺水身亡的女生，低我一年級，名字好像叫「春子」，就住我家斜對面。她沒有父母，由祖父母撫養。我倒清楚記得她祖父名叫「烏秋」。

春子溺水三天後屍體浮出。遺體運回家後就被放在屋前走廊的一扇門板上，我看到她的右小腿，有長長一大塊皮膚不見了，裸露出淺黃色的脂肪。從那時起，我一生怕水，怕走在河邊。

靜修禪院的尼姑

「秀峰山靜修禪院」原為汐止望族「蘇厝」蘇大老所捐獻。「大老」於街上開茶行，也做「營官」，有六位妻子。大太太「蘇老娘」因見夫娶多妻，起了修行念頭，遂於民國前二年（一九〇九年），命其子「蘇爾民」蓋了禪院，當時俗稱「菜廟」，因是私人靜修道場，故稱「靜修禪院」。

蘇老娘帶了長女「蘇番婆」及三位同修進住禪院。不久，蘇老娘與長女相繼往生，三位同修各自返家，禪院一度無人管理。

「蘇爾民」的女兒「蘇嬌燕」居士由於不婚，常年在家學佛，對漢學的詩詞歌賦有相當造詣，是「灘音詩社」的成員。她父親要她管理禪院，燕嬌居士就聘請基隆月眉山「靈泉禪寺」住持「善慧和尚」兼任禪院住持。但靜修禪院屬女眾道場，由和尚管理，諸多不便，因此急欲找尋適當的比丘尼來院管理。

一九三五年，台灣大甲大地震，位於苗栗桂竹林的「弘法院」倒塌。在基隆「阿罩姑」的引薦下，聘「弘法院」比丘尼「玄光上人」來接管禪院。當時隨同「玄光上人」北上者共計七位師兄弟。玄光上人又邀同參「達心上人」共同來院擔任「當家」。禪院頓時僧尼興旺。

「蘇厝」為讓禪院僧尼安心弘揚佛法，遂將七、八甲山地及三甲多的水田地，全部捐贈禪院；而兩位上人為方便接引更多信眾，開始擴建殿宇，增設寮房，擴建工程於一九四三年完工，禪院初具規模，成為正式的道場。

一九四九年，兩位上人迎接「慈航菩薩」及二十六位青年僧人來禪院供養。靜修禪院原為女眾道場，所以另創建「彌勒內院」供慈航師生安住，並興辦男女眾佛學院，開講因明、唯識、楞嚴等大乘經論。

慈航法師為台灣首位開創佛教教育的第一人，很多人慕名前來聽法，禪院盛況空前，一度成為台灣最有活力與影響力的佛教教育中心。

一九五四年，慈航法師圓寂。法師圓寂時採坐姿，遺體安放在一個缸裡。五年後開缸，他肉身不爛。有幾天禪院開放信眾上山參拜。消息傳出後，來自各地的信眾絡繹不絕，每天數以萬計。

身為汐止人，我也跑上秀峰山，在彌勒內院看到慈航法師不爛的肉身，被用米色的布條，從頭部往下一圈一圈地纏繞著，內院瀰漫著強烈刺鼻的薰香味及石膏味。慈航法師渡成金身後，我也曾上山參拜。

現在的彌勒內院院址，不是初建時的地點，而是更移往山上蓋成的。從山下到山上，有電梯設施，方便信眾及遊客上山朝拜或瀏覽。從山上鳥瞰，汐止市區景觀，盡在眼底。

汐止靜修禪院一景

汐止站前「蘇厝」

靜修禪院現在的外觀是擴建後的禪院。半世紀前我在那裡溫習功課時，是在禪院前院子樹蔭下的桌椅。我在這裡首次看到長相非常漂亮的尼姑，拿著英文書本大聲朗讀。

早期台灣社會對女性到「菜廟」當尼姑一事，一般認為：在人生道路上，她們一定是遭遇了重大挫折，如子女不肖、丈夫遺棄、情場失意、孤苦無依等種種因由，才會看破紅塵，出家剃度為尼。

當我看到長相這麼漂亮脫俗的年輕小姐出家為尼，驚訝之餘，曾有一股衝動，想問她為什麼要出家？而出了家，為什麼還要念英文？（當時無知，以為佛經只有中文）畢竟膽小，當時不敢向這位尼姑提問，以解答我的疑惑。

由於近數十年來汐止景物外觀變化太大，已不是我記憶中的「水返腳」。這次我返鄉尋根之旅，特別央求跟我同樣出生在老街的表妹當嚮導，逐一對照老街的「今與昔」。我表妹一輩子居住汐止，她雖不曾看到蘇厝「起高樓」，卻實際目睹「它樓塌了」！

火車站前的蘇厝

蘇厝是日治時期水返腳富商李萬居的宅第。李萬居曾任水返腳庄長、區長和第一屆台北茶商公會副組長。這座大厝是他晚年經營茶業致富所建，後來宅第被轉賣給蘇樹森家族。蘇樹森的長子蘇爾民於分家後，才在離前站不遠的後火車站另蓋一間大厝，一般稱之為「後站蘇厝」或「蘇大厝」。

火車站前蘇厝主建物二千坪，庭園五千坪。建物造型為日本大正時期典型的紅褐色磚造和白色洗石子牆壁，並有大量拱門廊柱和玻璃窗門。兩層樓共有十二個房間，各以迴廊銜接。主建物前有庭園，後有家院，前後各有一口井。這在當時僅見於富貴人家。

站前蘇厝地址在大同路二段五四九號，老街路底。前面庭園大門外就是中正路，省公路局在此設站。我上高中及大學，每天上學從家到公路局站或火車站搭車，都必須經過蘇厝旁的小巷，但一直到我離鄉前，因為不認得蘇厝家任何人，因此始終沒有機緣進去參觀過。

馬偕設立汐止長老教會

一八七二年九月二十六日，來台傳教的加拿大籍馬偕博士（George Leslie Mackay，一八四四—一九〇一）和門徒數人在汐止布道傳福音。兩年後，馬偕博士在基隆河沿岸的南港（三重埔）設立教會，成為他在北部傳播福音的重大據點。

三重埔教會設立以後，住在汐止的信徒週日禮拜時，就從汐止徒步到南港做禮拜。後來，汐止的信徒漸多，往返南港、汐止相當不便；馬偕博士於一八七五年九月設立錫口教會（松山）後，遂在一八八二年一月二日廢止南港教會，並在汐止設立了教會，汐止教會於焉誕生。一九〇一年，基督長老教會北部大會將汐止教會命名為「馬偕紀念禮拜堂」。

馬偕博士在台傳教二十九年，曾為台灣病患拔了四萬顆牙齒，建立六十所教堂，並創立牛津學堂（今台灣神學院、「真理大學」前身）。

汐止教會座落於汐止火車站前斜對面的小巷裡，教堂與站前蘇厝各佔據小巷的一邊。我們汐止人習慣稱基督教汐止教會為「禮拜堂」。不知為什麼，雖然有十多年時間我每天經過汐止教會「禮拜堂」，卻從未想去做禮拜，或進去參觀。也許那時還年輕，心想教堂就在家附近，任何時間都可以去！因此錯失了親近它、認識它的機緣！

這次返鄉尋根之旅，我發誓無論如何，一定要進「禮拜堂」一探究竟，卻發現教會原址正在改建新教堂，鷹架高高架起。舊禮拜堂建築已經消失了，新教會尚未建造完成，我與汐止教會，終究無緣！

消失了的「台灣煉鐵」

我曾是台灣煉鐵公司的員工。

民國五十年（一九六一）六月三十日，我參加了北二女中畢業典禮後，第二天，就到離家走路五分鐘就可到達的「台灣煉鐵公司」化驗室上班，一個月工資新台幣六百八十元。這工作是我母親在我高中畢業前，就拜託在煉鐵工作的對面鄰居找來的。

那年台北大專聯招於七月十六、十七日兩天舉行，我向煉鐵請假兩天去考試，放榜時僥倖錄取政大新聞系。

我當台灣煉鐵公司正式員工，也就只有短短三個月。但更早之前，一九五四年前後，我母親曾在台灣煉鐵工廠單身員工宿舍餐廳幫傭。有一年，我母親得了子宮肌瘤，大量出血。那時沒有所謂的醫療保險，父母賺得的工資，每月勉強只夠一家五人餬口，哪來錢付龐大的醫療費？

走投無路，母親向時任台灣煉鐵公司總經理的郭金塔先生，商借醫療費。醫師出身的郭金塔，因為承接了岳父——台灣煉鐵公司負責人陳逢源的事業，因此棄醫從商。他秉持著行醫時「敬天愛人」的理念，同意借給我母親——工廠裡一個地位卑微的女工醫療費，使我母親在三十多歲時，能夠進台北馬偕醫院開刀治療，不至於因貧病交迫求救無門而不治。

台灣煉鐵工廠遺址，現在是一幢幢的住宅公寓大樓，原來聳立三根鼓風爐的地點與周邊土地，則是蓋了國泰醫院汐止分院；三根鼓風爐曾被視為汐止的文化遺產，後來卻變成一堆廢鐵，並遭到市公所拍賣，下場頗令汐止人扼腕！

台灣煉鐵、唐榮和大榮，曾並稱為台灣三大製鐵業。台灣煉鐵曾對我家有恩，而今工廠灰飛煙滅！滄海桑田，憶之思之，令人惆悵！

早年，從和平街到煉鐵工廠的小路途中有一道溪流，河水清澈，溪邊還有小片的竹林。我們住在和平街時，母親和鄰居三姑六婆，每天早晨都到這條小溪洗滌衣物。洗滌衣物時，她們嘴巴也沒閒著，彼此就里鄰之間大小瑣碎事，有的沒的，真的假的，交換情報，互通有無。小溪儼然成為現在所謂的「社區交誼中心」。

這次返鄉，迫不及待地想知道小溪是否依然健在。謝天謝地！台灣煉鐵工廠雖已消失無蹤，小溪並沒有乾涸，溪水依然潺潺流淌著，兩岸增建了堤防，並標示著水位警告牌，想必是多年前汐止多次颱風導致的嚴重水災，讓汐止人對境內大小河川都不敢掉以輕心！

「柑仔店」的女傭

早年，台灣一般百姓柴米油鹽醬醋茶等日常民生用品，都可以在「柑仔店」（雜貨店）買到。我們家隔壁就是「福吉仔」經營的柑仔店。往昔民風純樸，柑仔店的交易，不需開統一發票或給收據。我們從未懷疑柑仔店福吉仔會擅自多加一筆帳。此外，如遇父親工資遲遲不發，不能及時支付欠款，福吉仔也不會到家追討，或藉故不肯賒帳。

我對柑仔店記憶深刻的一件事是：福吉仔夫婦雇用的女傭，居然未婚懷孕了。當今社會未婚懷孕的女人「踢倒街」（多得是）。有些藝人未婚懷孕，還唯恐天下不知，乘機炒作新聞，召告天下。六十多年前的台灣社會，女人未婚懷孕，非同小可。她們被視為傷風敗俗，不能容納於社會。

福吉仔柑仔店的女傭，有著一張扁平臉，坍塌的鼻子，容貌連「平庸」兩字都談不上。她平時都在店後面的裡屋煮三餐、清潔房屋等家務事，偶而在裡屋幫忙點收外面送來的雞蛋訂貨。平時，她根本沒有機會外出。

有一天，她居然被發現肚子大了，顯然是懷孕！

經過嚴厲追問下，她嚅嚅地說：「只跟那送雞蛋的少年睡了一下，只有一次！」

真相大白。我已忘記這件事後來怎麼收場的。

隔著柑仔店兩家的是賣蔬果的。這蔬果攤與公有傳統市場，只隔一條巷子，從這條巷子可通往基隆河岸及岸邊大片竹林。我住「社後」的蓮阿姨划自家小船送自家種植的蔬果、自家飼養的雞鴨到我家，小船就停靠在這附近的河岸邊，這裡就是「水返腳」昔日榮盛時代的「牛稠頭」碼頭。

中正老街經歷數十年來的變化，「人事全非」，我甚至認不出現在已屬於我舅舅的外婆那幢房子（我的出生地）！在表妹的帶領指認下，我才知道這幢房子店面租給賣滷味的，騎樓有蔬菜攤。老街環境嘈雜，整條街現在儼然是個帶狀的傳統市場，屋主只要坐收租金就比他們自已經營小生意還划算；其他如醫生館，他們的後代大都能繼承衣缽，但將診所遷到較安靜的社區。我的小學同學林勝藏——和安醫院林坤萍醫師的兒子，很早就加入「無國界醫師」的團隊，已多年不曾返鄉。我看到和安醫院原址只剩下一塊招牌，店面前騎樓是賣童裝的攤販。

雖然中正路整條街的騎樓現在都變成攤販的地盤，老街靠往昔「牛稠頭」碼頭的公有市場依舊存在！表妹帶我進去指著邊間的一家店說：「記不記得？這以前是賣枝仔冰的？」我搖頭，毫無印象；在市場內，她在一雞肉攤前對著低頭忙於處理雞隻的攤販說：「阿魯仔，伊是扁仔也第二查某子！得美國轉來啦！」這位年長的攤販抬起頭來瞪了我半晌，他問：「汝是寶珠仔？」「不是，寶珠是我大姐，我是第二也！」他點點頭然後以肯定的語氣說：「汝有像恁老母！」乍聽之下，我眼淚幾乎奪眶而出。終於有陌生的汐止人認識我的家人，此時此刻，我感覺不再是故鄉的異鄉人！

走完整條汐止老街，我現在只認得一攤賣湯圓的。年輕時，我最喜歡吃這家的紅豆湯圓。記得當年賣湯圓的是個少婦，如今掌管攤子的是位三十多歲的男士。我和表妹坐下來，各叫了一碗湯圓，順便問老闆這攤位有多久了？他說：「四十一年了！」哇！終於讓我在老街發現一個「一路走來，始終如一」的攤位！我覺得湯圓的味道一如往昔！

穿過公有市場，走向靠基隆河畔河昔日「牛稠頭」碼頭，是一座抽水站。早期水返腳是基隆河水運的大站，為了人貨暢通，過渡港口和貨運港口不在同一個地點：渡船頭在老街下街口，牛稠頭位於老街的中央，如此貨物才可以快速地運銷。

但隨著基隆河的乾涸，船隻已經很難行走其間，牛稠頭的功能逐漸減弱，從一九九八年至二〇〇二年，多次颱風帶來的水患，牛稠頭竟是洪水氾濫進入汐止街市的入口。因此，政府水利主管單位只好毀古蹟，建抽水站以守護居民的生命財產安全。

在抽水站旁的防汛高牆上有大型的藝術創作「水返腳圖騰」，圖騰裡的畫作內容敘述著往昔汐止人與基隆河的互動情形，如：三分仔車載土炭、划龍船、洗砞仔、過渡船、過港迎親等。雖然如今古蹟不再，但「凡走過的必留下痕跡」，圖騰中訴說了「牛稠頭」昔日繁盛的歲月！

再往頂街昔日的「渡船頭」走，位置就在今日中山高進入汐止大同路的交流道旁。從高速公路進入汐止市街時，首先就會看到一幢巴洛克式的建築，這就是已經被列為三級古蹟的「陳公厝」，昔日「渡船頭」就在它的大門口。

描述古早「水返腳」庶民生活情形的藝術創作浮雕

清光緒十三年（一八八七），水返腳富豪陳萬乞先生斥資兩萬銀元，蓋了這座當時汐止唯一的三層樓巴洛克式豪宅。這筆蓋房金額如換算今日的新台幣，據說可以買下半條汐止老街。

早年汐止老街有兩個面向，一面向河，一面背河，買賣商品各有不同，但生意同樣興隆。陳公厝面河的是「渡船頭」，載客船隻在這裡上下客；背河的一面他開「揚濟中藥房」，逾百年老店至今仍在營業，由陳萬乞的曾孫陳繼昌掌理。

我讀小學時，每天都要經過揚濟中藥店，從來沒注意到向河那一邊的巴洛克式建築豪宅。我想，即使當時看了，也不會懂什麼豪宅不豪宅！

這次返鄉，決定不再錯過機緣，希望能入內參觀。表妹認得陳繼昌，在她陪同下，我們推開「揚濟中藥房」想見他。不巧，陳繼昌先生外出，她女兒、女婿看店，正忙著幫顧客抓藥。我們說明來意，他女婿熱心說：「我帶妳們參觀吧！」

陳公厝的牆壁是洗石做的金錢龜，地板是洗石水泥，窗戶為西洋式的結構；通往二樓的階梯為花紋與雲水的造型，扶梯、樓板皆使用紅檜木。二樓是個八角樓，往昔作為賓客的娛樂廳。三樓為涼亭式景觀台，有四根「愛奧尼克」的柱子，上面有中國紋的雕飾。

古厝佔地八十八坪，地上三層樓。地下一層。站在景觀台上，可以觀賞基隆河上舉行了六十六年的龍舟賽！可惜因基隆河乾涸，自一九六六年龍舟賽就停辦了。

古厝現無人居住，內部堆置雜物，損壞部分也沒整修。陳繼昌的女婿說，經傳幾代，古厝產權越分越細，陳家子孫散居國內外，無法共同研擬維修處理方式。政府雖將陳公厝列為三級古蹟，但不負責維修工作。

汐止三級古蹟「陳公厝」

陳家現仍將祭拜祖先的神案設在古厝二樓。我們參觀時，陳繼昌四歲的孫子跟著爸爸上樓，也沒大人指引，他在神案前五體投地，自動向祖先祭拜。

老街竹林變身後花園

這次返鄉之旅，發現老街最大的變化之一是，原是沿基隆河、我小時候望之卻步的一大片竹林地，現在脫胎換骨，成為老街的後花園了。

後花園入口處就在陳公厝面河的那一邊，沿河是一條陰涼清爽的綠色廊道，棚架上種植有錦屏藤和百香果。聽表妹說，春暖花開時節，錦屏藤鬚根長長垂下，百香果枝葉爬滿棚架，結滿綠色的果實，襯以姹紫嫣紅的花朵，景色如畫。

不僅如此，綠色廊道更是鐵馬族的天下。據了解，從這裡騎單車出發，可以直通淡水！

數十年來，汐止的變化何其大！對我來說，可說「桑海桑田，人事全非」。我回來尋根，心情錯綜複雜，老街的人與事，在我尋根的過程中，從記憶深處一一浮現。但走在如今稱為「新北市汐止區」的街道上，竟是如此的陌生，我在「水返腳」的歲月場景，大半消失無蹤。我，已然是故鄉中的異鄉人！

年輕時雄心壯志，迫不及待想要出外闖蕩江湖。那時對故鄉毫無眷戀，而今日暮之年，思鄉之情，一年比一年強烈。古人說：「落葉歸根」，想來不無道理。

表妹問：「要回來定居嗎？」「也許。」我想。

汐止初中師恩難忘

「青山莪莪，綠水滔滔。汐止地勝，學府風高。水光山色，襯校園之優秀。暮鼓晨鐘，澈書聲之清和。都塵咫尺，車馬忘勞，三台文物，俯仰薰陶。大尖山下，長育佳禾。嗟我同學，奮發琢磨，雨露振先天之厚，物華特靈氣之多。及時努力，切莫蹉跎，復興民族，則在吾曹。」

這是汐止初中（現為汐止國中）的校歌。日治時代，汐止初中為日本小學，招收日本人及地方上士紳的子弟入學。台灣光復後，改為汐止初中。

汐止初中校歌內容，大致具體描繪出上一世紀以農業為主的汐止社會景象：像是「青山莪莪」——山坡地未被濫建；「綠水滔滔」——基隆河尚未被污染；「大尖山下，長育佳禾」：大片稻田種植稻米。現在的新市區，當時都是稻田，幾家農舍而已。

汐止初中當時是男女合校、但分班上課的學校。民國四十三年（一九五四），我考進了汐止初中，當時，蔡長本校長決定做一個實驗：選一班學生男女合班上課，看看教學成果是否比男女分班好。我們這一班入學新生成為首先被實驗對象：十二個女生，二十四個男生合班上課。

實驗結果，應該是成效良好。第二個學年，全校各年級各班，開始男女合班上課。

樸壯華老師

東北遼寧本溪籍的樸壯華老師，是我們這班導師。他那時大約年近五十，身材高大，看起來很威嚴。他教導學生，並不嚕嗦，也不當眾責罵學生。記得初一上學期第一次月考，我英文只得十幾分。我那時簡單的腦袋裡，只奇怪每個英文字由多個字母組成，不像中文字，一個字就是一個字，怎麼可能一一背下來，所以就不背，考試時當然很多字都不會寫。

樸老師在操場散步時看到我問：「妳英文考不好，什麼原因？」我照實說了。現在我已忘了當時他接著說什麼，但確定他和顏悅色，沒有嚴厲責備。

第二學期結束，期末考後幾天才到學校領成績單。我和同班一位同學在發成績單的前一天到學校，看到樸老師在操場散步（他菸齡三十年，說戒就戒。但因師母也抽菸，每當師母抽菸時，他就從宿舍到操場散步，避免誘惑戒菸失敗）。我的同學很詐，不問她自己名次第幾，卻指著我問樸老師，「她第幾名？」樸老師說：「第五名，她是全班進步最多的！」我因為是班上唯一在小學念「放牛班」的學生，一直有自卑感，以為自己腦袋笨，一定讀不過他們這些在小學就一路惡補才升上初中的同學。樸老師就這麼一句「全班進步最快的」鼓勵話，讓我建立了自信心，此後的求學路上，我一直對自己念書有信心。

但，讓我印象最為深刻的一件事是：初二時，樸老師除了擔任我們班導師外，並兼教歷史課，講到「九一八事變」時，他沒照本宣科，說的是他的親身經歷：

一九三一年九月十八日晚上，日本關東軍，自行炸毀瀋陽北郊柳條湖附近一段南滿鐵路，反誣中國軍隊破壞鐵路，並藉此突襲東北軍駐地北大營和瀋陽城。

樸老師那時是瀋陽中學的住校生，他說，當天晚上聽到校外的槍砲聲，學校老師忙著打電話到警察局、市政府等各單位詢問，居然沒有人知道發生了什麼事。老師發現事態嚴重，要學生立刻收拾簡單包袱逃難。他們走到校門口，卻發現日本兵不知什麼時候已經守在大門口，學生從校門逃走已不可能，只好從一、二十尺高的圍牆翻牆逃難。

他們計畫逃到關內，就沿著鐵路朝山海關的方向跑，當然是用自己的雙腳日以繼夜地跑。日本飛機在天空上追，沿途丟炸彈。第一次看到日軍丟炸彈，學生們不知死活，不知道天空掉下來的東西是什麼玩意兒，竟然目標顯著地站立向天空張望，等到炸彈落地轟然一響，有些人身首異處，學生們才知恐怖，開始沒命地逃。

終於逃到北京城。學生們熱血沸騰要參加抗日活動，政府當局當時還沒有要他們參軍，但派了三輛大卡車，載他們到承德勞軍。日軍已經打到承德附近，中國軍隊在這裡抵抗，樸老師說，他們上午到承德「前線」勞軍，中午回到承德市，卻聽說「前線」已經失守，承德市長把載學生前來勞軍的三輛卡車，載著自己的全部家當逃跑了。這下子，學生們連回北京城的交通工具都沒有了。

半世紀前的這一堂課上課情形，至今猶歷歷在目，彷彿昨日，我清楚記得；樸老師、這位平時略嫌嚴肅的東北大漢，在講述「九一八事變」時，說著說著，眼睛泛著淚光，聲音有時變調，話語有時停頓，當時我都擔心老師會不會哭出來？當然沒有。下課前，他很冷靜地為這一堂課做了一個結論：「所以嘛，學生只管認真念書就好，不要參加政治活動、勞軍什麼的，也不要你們訂報看。」不論同學平時對歷史有無興趣，相信我們這一班大多數人都記住了「九一八事變」是怎麼回事。

初三上學期，樸老師繼續擔任我們班導師，我們學生也愈來愈喜歡他。但開學才一個月，樸老師突然辭職離開我們轉到台南善化中學教書。高中時，有一年我曾到善化中學找老師，但聽門房說：「他不在了！」我也沒細問就離開。此後，我再也沒見到樸老師了。他有一兒一女，兒子名字叫「樸實」，女兒叫「樸素」，我們上初中時，他們還很小，如今該也邁入中年了，不知他們現在何處？

我不知道「九一八事變」這一堂課對其他同學是否有任何影響，對我而言，它不單是歷史教科書上敘述的事件，透過樸老師的講述，它好像也成為我親身的經歷之一。我兩次遊歷瀋陽，「一見如故」，我用濃厚懷念的心情，來認識老師的故鄉。瀋陽於我，如今也像是我的故鄉。

二〇一一年十月回台時與初中同學周昭明、任志剛、錢蔭芬、李雅玲及潘壽華在新店大坪林「乾隆坊」聚餐，這是我初中畢業後首次與他們聚會。也首次從他們口中獲知有關樸老師的一些訊息：他畢業於北大中文系，教我們時突然離職是因為與當時校長蔡長本不合，經同鄉介紹到善化中學任教。他和同鄉兩人常常喝酒。樸老師到善化沒幾年就去世了。他的同鄉說：樸老師是被他毒死的（指喝酒）。

賴光臨老師

汐止初中第三學年上學期開學才一個月，很受學生敬愛的樸壯華老師突然走人，令全班同學如喪考妣；接替他的是，毫無教學經驗的賴光臨老師繼任班導師，兼教我們國文課。由於前有樸老師的比較，我們起初多多少少有點排斥賴光臨老師的授課。但，在他的敬業、愛心、耐心而不失嚴格的教導下，學年結束時，他獲得了我們全班同學的敬愛。

民國五十年（一九六一年），我報考大專聯招時，將政大新聞系排在聯考第三志願，完全基於就業考量。

一九六〇年代的台灣社會大學畢業生就業管道狹窄，幾乎沒有什麼「事找人」的公開招聘。一切都要靠「關係」。透過家長、親朋、好友找事做；「有關係就沒關係」。我的父親是礦工，低層的勞動階級，生活經常寅吃卯糧，哪來社會關係？即使我能考上大學，鐵定「畢業即失業」。我必須要選擇大學畢業後職業好找的科系就讀。

北二女中高中畢業，我填考大專聯招報名表「志願」時，就因為當時在政大新聞系擔任助教、我初中三年級導師賴光臨老師的一句話：「新聞系畢業容易找事做」。於是，政大新聞系「名列前茅」，被我排在第三志願，僥倖錄取，在政大接收了四年新聞教育。

誠如賴光臨老師所說：「新聞系畢業容易找事做。」大四到中央通訊社實習，畢業後便獲留用。此後浪跡新聞界近四十年，於二〇〇五年四月退休。我窮盡一生，堅守一個職業：新聞記者。我不敢自誇自己是個傑出的記者，但可以問心無愧地說：我是個敬業、有職業道德的新聞從業人員。

我在台的初中同學，畢業後數十年來，仍跟賴光臨老師保持聯絡。賴老師曾任政大新聞系教授、系主任等職，多年前退休。二〇一一年十一月我返台期間，曾專程赴政大探訪賴教師，蒙學弟時任新聞系主任兼教授林元輝博士的熱忱接待，我們三人在木柵貓空的一家餐廳午餐。賴老師給了我幾位汐止初中同學的聯絡電話，席間他感慨地說：「我今年八十五啦！」我回答：「老師，我今年也七十啦！」他瞪大眼睛笑說：「怎麼可能？我教你們時，你還那麼小？」

三年初中是我在學校生涯中最快樂的日子。當時汐止初中學校規模小、操場四周，臨近火車鐵軌那邊是升旗講台。我因患有焦慮性胃潰瘍，幾乎每天升旗不等國歌唱完，就臉色蒼白，頭冒冷汗地由同學扶回教室。操場四周另外三面是平房教室，沒有樓房建築。但也因學生人數少（民國四十三年（一九五四）取新生三班，我們那一班學生總計三十六人）。學校沒有惡補，師生互動密切，沒有大的升學壓力，下午三點半就放學，「放牛吃草」。當然在這種情況下，畢業時能考上好高中的學生人數經常掛零，或只有個位數。我們班算是表現不錯的，畢業時，我考上台北市女中（即現在的金華國中。次年重考，進了北二女中），李世家考上台北工專（現台北科技大學），香港僑生石慧清進北一女，第一名畢業的周昭明保送台北師範學校（當時他如放棄保送，我就可能取而代之）。他後來繼續進修，出國留學取得普林斯頓大學博士學位，曾任教台北國立師範大學，多年前退休。另一位同學王棣華畢後任職母校，她後來與知名作家王鼎鈞先生結成連理，現夫妻倆定居紐約。

汐中三年，在求學路上，樸壯華老師讓我建立自信；賴光臨老師則指引了我就業方向。兩位恩師的教誨，在我二十多年的「水返腳」歲月中，佔據了相當的份量，多少影響我後來的人生走向！

輯三

在旅途中嚐新

漫步在雲端

二〇〇九年，富比士（Forbes）評比世界十大快樂城市，依次是：巴西里約熱內盧、澳洲雪梨、西班牙巴塞隆納、荷蘭阿姆斯特丹、澳洲墨爾本、西班牙馬德里、舊金山、羅馬、巴黎，以及阿根廷的布宜諾斯艾利斯。我有幸曾遊歷其中部分城市，並定居聞名全球的夢幻城市舊金山超過四分之一世紀，迄今對它仍然深情款款，喜愛與日俱增。

快樂城市必定迷人。有人說，上帝創造世界時，一定在舊金山多費些心思，才使這個港灣城市，天然景觀如幻似夢，美不勝收。加上後天二百多年來累積的人文資源，使得來到舊金山的無數過往行旅，離開之際不禁要高唱那首膾炙人口的歌曲〈我把心留在舊金山〉（I left my heart in San Francisco）！

歷史上，舊金山曾經「一夕成名」：一八四七年一月二十四日，北加州山中溪澗發現黃金。歷史上，舊金山曾經「毀於一旦」：一九〇六年四月十八日凌晨五點十二分的大地震，全城大半建築物傾圮倒塌，並焚毀於大火中。大地震後不到十年，一九一五年，舊金山舉辦「太平洋巴拿馬世界博覽會」，一座乾淨整潔、擁有現代化摩天大樓的新城市，取代了曾是滿目瘡痍的廢墟。舊金山在地震重創後的短短幾年就恢復生機，恰如傳說中的鳳凰浴火重生。

今日的舊金山，是美國少數幾個最具代表性的大都會之一。它與眾不同的城市風格，混合著西班牙、墨西哥及強烈的東方特色風采，因此足以與「大蘋果」之稱的紐約、英國傳統風情的波士頓、法國味道的紐奧爾良等城市，在「代表性」方面分庭抗禮。

普立茲獎得主蓋瑞．史耐德（Gary Snyder）曾說：「我不知道還有哪個城市像舊金山，用『走路』就可以看到多元化社區，而且不離『大自然』。」舊金山的多元城市風貌極為顯著，各種文化背景不同的族裔形成不同的社區，真正展現了「城市中有小城市」的都會特質：華埠是海外最大的中國城；毗鄰華埠的「北岸區」則為義大利區，地中海風味十足；「米慎區」是拉丁美洲裔聚集地。都會區使用的語言超過一百多種，來自世界各國的移民在此共存榮。這城市讓你永遠看不膩，學不完。

在城市景觀方面，百年以上的電纜車依舊每天「叮噹、叮噹、叮噹」地載著來自世界各地的觀光客，攀爬穿梭在各名勝古蹟景點，讓他們得以雙腳踩在一向只能從海報明信片上看到的巍峨壯觀的金門大橋，或欣賞技藝不遜專業的漁人碼頭街頭藝人表演；城市中還可看到開拓時期保留至今的古屋，以及連棟的維多利亞老宅，這已成為舊金山的象徵之一。

給舊金山溢美之詞的人很多，包括升斗小民到大文豪諾貝爾獎得主約翰．史坦貝克。努力蒐集的話，大概足夠出幾十本書。一九三〇年代美國經濟大恐慌時期，一位經常處於飢餓狀態的年輕作家威廉．沙洛揚（William Saroyan）更誇張形容：「如果您還活著，舊金山不會使您感到厭倦；如果您已經死了，舊金山會讓您起死回生。」因而，舊金山的引人之處不僅是成長，更是成熟；不僅是美麗，更是秀麗；不僅是動人，更是迷人。

舊金山的迷人之處，除了山光水色、人文藝術，以及大都會的氣息外，最令人印象深刻的，應該是它冬天豔陽高照，夏日雲霧飄渺，冷熱適中的氣候了！

受到海洋冷暖流調節的影響，舊金山冬暖夏涼，像個天然的空調系統。沿太平洋的舊金山半島，夏天內陸的高溫和熱氣，造成一股低氣壓，籠罩在整個北加州的中谷（Central Valley）地區，而內陸的熱氣流上升後，太平洋上方的厚重冷氣團便順流擠入內陸上空，冷氣團帶來的水氣，形成漫天蓋地的「濃霧」，沿著太平洋岸，穿過金門橋，進入金門灣及市區。有著醒目橙黃色外貌的大橋，這時看似「身在虛無飄渺間」；臨太平洋岸的市區，也是一片煙霧迷濛，讓金門大橋上的觀光客，或走在街道上的居民，猶如「漫步在雲端」！

《湯姆歷險記》作者馬克吐溫曾貼切形容：「舊金山有最冷的夏天，最暖的冬天！」走在夏日的舊金山街頭，常會看見一群觀光客縮著脖子，緊裹著衣服，一邊抬頭欣賞飄過環美大廈（Transamerica）頂端的薄霧，不可思議地對著同伴說：「沒想到舊金山夏天竟然這麼冷？」

舊金山雖有地震可能發生的威脅，但經年不受龍捲風、大水、暴風雪，嚴寒酷熱等天然災害影響。得天獨厚，不冷不熱的氣候，舒適得令舊金山人幾乎有「罪過」的感覺。在全美其他各地分別遭受天然災害肆虐，造成嚴重人命財產損失之際，舊金山人見面第一句話，總是讚美天氣！

儘管舊金山是全美物價最昂貴的城市之一，在這經濟不景氣的當頭，「城市居，大不易」，很多人還是堅持留下，理由之一是，為了他處不能取代的迷人天氣，以及三不五時可以「漫步在雲端」。

舊金山夏季的大霧經常遮蓋了金門大橋的身影

我曾是一架空巴客機唯一旅客

二〇一八年一月參加旅行團到印度及杜拜等地旅遊，往返舊金山及杜拜兩地，搭乘的都是阿聯酋航空使用的A380客機，終於有緣見識到現今全球載客量最大的巨無霸客機內部。從下層客艙機門進入，看不到走道尾端盡頭。

A380客機是空中巴士工業集團製造，有上下雙層客艙、四個發動機。採高密度座位安排時，載客可多達八百五十人；如按頭等艙、商務艙及經濟艙分等設計，也可載客五百五十五人，堪稱全球載客容量最大的巨無霸客機。

我們買經濟艙座位，在下層機艙，座位相當寬敞，兩腿可以伸直。就硬體設備來說，阿聯酋航空已經考慮到旅客的舒適度。

我們去程經濟艙客滿，回程乘座率也有百分之八、九十。幾百個人同在一個相對密閉的空間長達十六個小時，除了觀賞飛機上的電視電影節目，或塞住耳朵聽音樂外，沒有什麼其他活動空間，加上不時有嬰幼兒的哭鬧，恐怕每個旅客多多少少會覺得「度時如年」！

這讓我想起了三十五年前，曾是一架空中巴士客機的唯一旅客，我要選頭等、商務或經濟艙，靠窗靠走道都行，沒人來跟我爭！

現在人只要有錢，買架私人飛機或包架客機，世界各地滿天飛，稀鬆平常。二〇一四年巴西世界盃足球賽阿根廷與德國爭霸那天，全球總計有一百多架私人飛機飛到比賽城市，現場觀看球賽，為自己支持的國家球隊加油。換句話說，能夠成為一架客機上的唯一旅客，通常不是富豪，就是權貴。

我既不是富豪，也不是權貴，但早在三十五年前，我曾是一架A300空中巴士客機的唯一旅客，從法國南部城市土魯斯起飛，目的地台北。

一九八二年七月一日，中華航空公司向歐洲空中巴士工業集團訂購的第一架A300交機，華航安排了六位正駕駛、四位副駕駛、四位飛航工程師，以接棒的方式，在空巴公司人員的協助下，將第一架機身上漆有中華民國國旗的A300，從土魯斯機場起飛，經沙烏地阿拉伯的吉達、印度孟買、新加坡三處落地加油，而後飛抵台北。

成員包括德、法、西班牙及英國四國的空中巴士工業集團，於一九七〇年創立，總部設在法國南部的土魯斯。四國分別負責製作機體的部分，然後集中在土魯斯組裝。空中巴士的生產線，就是從A300型號開始的，它是世界上第一架雙通道、雙引擎的客機。空中巴士集團經過三十多年來的發展經營，二〇〇七年，新加坡航空使用第一架A380型號的巨無霸客機，載客量高達五百至八百人。目前，空巴公司銷售全球各航空公司的客機數量，已足以與美國波音公司，分庭抗禮。

比起A380的巨無霸客機，A300可說是「小鳥依人」的中航程飛機，座位二百五十至三百六十個。華航第一架A300首航，只有機組人員及空巴公司協助的教官，總計五十八人。我是客機上唯一的旅客，以《聯合報》系《民生報》記者身分「隨機採訪」，特別獲

我是一架空巴的唯一旅客。機上其他人是華航完成A300訓練的組員

准搭乘的。

空巴公司土魯斯總部對華航購買第一架飛機十分重視，交機前一晚還舉行慶祝茶會。華航當時的航務處長劉裕生親臨參加；而我這唯一由台灣來的媒體記者，也備受禮遇，空巴公司公關部門指派一位女士帶我參觀，並詳細解釋空巴生產情況。

華航對「空中安全」一向十分嚴格，早期在客機上都安排有「空安人員」預防劫機，駕駛艙更是不能越池一步。但在這架A300首航中，因為沒有其他旅客，禁令解除，我可以隨意進出駕駛艙，問機師問題。記得飛越地中海時，從駕駛艙往下看，埃及一片黃沙，鮮少綠地，就像是一片寬廣的海灘；而沙烏地阿拉伯的吉達港，純粹是沙漠中建造起來的城市，從高空鳥瞰，建築物旁少有綠地，車輛在六線道的高速公路上奔馳著。

早期台灣除了國家元首有機會搭乘專機外（可是身邊總會有隨侍人員等，也不可能是唯一的旅客），一般凡夫俗子大概沒什麼機會坐專機，不像現在台灣擁有私人飛機的富商不少！

三十五年前因緣際會，享受到像現在的「專機」待遇，在台灣也算是一般人少有的際遇！猶記得，當年七月二日，華航A300飛抵桃園機場時，一大票跑機場的交通記者守在空橋門口，準備採訪A300首航新聞，但看到我笑容可掬地走出機艙門口時，臉都綠了。據說，事後華航公關主管及交通部某高層官員都挨罵了，同業們追問為什麼我是首航客機上的唯一記者？要他們給個說法！

A380巨無霸客機從二〇〇七年亮相以來，去年底才過十歲生日，但十年來，這個空中巨無霸並未帶來期待中的輝煌，銷售量未能達到預期，二〇〇四年即已傳出將停產的消息。

阿聯酋航空是空中巴士的重要金主，已在空中飛行的A380客機，百分之四十都在阿聯酋航空公司的旗下。如果阿聯酋以後不再買A380，恐怕這種空中巨無霸客機就要被迫停止生產了。

何其幸運，三十五年前，我曾是空巴最初生產的A300一架客機的唯一旅客；三十五年後，又有機緣搭上空巴最先進的巨無霸客機，與五百多人齊聚一機，雖稍嫌嘈雜，但也就那麼十六個小時而已，終究會曲終人散，各自安然返家！

遠離文明：亞馬遜雨林之旅

從職場退下來的第一天，就與朋友背著背包、簡單行李，飛到南美洲的祕魯，展開想了很久卻一直未能成行的印加文化及亞馬遜熱帶雨林之旅。

提到亞馬遜熱帶雨林，一般人常聯想到的是巴西。其實，全長六千七百八十八公里（一千九百二十八英里）的亞馬遜河，上游在祕魯，下游才在巴西，由此進入大西洋。

我們從祕魯首都利馬搭乘載客容量一百人左右的小型客機，飛行了約兩個多小時到達伊基多（Iquito）小城，負責安排四天三夜行程的旅行社導遊，已經舉著寫上姓名的牌子等著我們。這位有著印地安血統、名叫賈西亞的中年導遊，會說英語。

簡單自我介紹後，就開車直奔設在市中心的旅行社辦公室。我們在這裡花了十元祕魯幣（索爾）租了長筒塑膠雨鞋，這是走在雨林泥濘路必備的。雨鞋另外的用途是防出其不意出現的蛇類咬你一口，且多少也可以阻止揮之不去的沼澤蚊子叮你、吸你的血。

離開旅行社後，我們跟著導遊走了約十分鐘，來到一個規模小到不成樣的「碼頭」，上了一艘大約可容十人的機動小船，先走亞馬遜河支流，而後進入亞馬遜河，直奔雨林而去。我們發現，我與朋友是船上唯二的旅客，導遊是我們兩人專屬導遊。

四月的祕魯亞馬遜雨林，還是雨季，也是旅遊淡季，遊客稀少。機動小船「乘風破浪」走了四、五十分鐘後，在一處沒有碼頭的地方靠了岸。「到了！」導遊說。我們先走了近百公尺的泥濘路，再走上由木板搭建的「空橋」，上用棕櫚樹葉蓋的屋頂，就到了雨林的「旅館」：兩層的木屋，底下一層只有四根柱子支撐著第二層，這樣的設計也是防野獸入侵。我們來時已近黃昏，走在「空橋」時，導遊一直用手電筒往棕櫚葉的「天花板」照，就怕有蛇類藏在那裡。

這裡緯度接近赤道，雨林的天候又濕又熱，我們抵達小木屋不到三十分鐘，就已經汗流浹背。小木屋設備簡陋，除了兩張單人床外，一個小櫃子、浴室有一個生鏽的沖水蓮蓬，只能流出略帶黃色的冷水。不過，謝天謝地，還有抽水馬桶，馬桶的水呈黑色，原來是從附近的沼澤引進來的。另有一盞在古早電影上才能看到的油燈可點燃照明，免得我們三更半夜起來上廁所時不知東南西北。

我們兩個在都市長大的人，終於遠離文明，花錢來到這個無電、無熱水、沒有電視、冰箱、電話等一切與「文明」沾上關係的亞馬遜雨林，不僅如此，還要抵擋不時伺機吸你鮮血的大黑蚊子攻擊。

雨林沼澤

對都市人來說，踏足雨林沼澤是最珍貴難得的經驗。四月此地還是雨季，我們很幸運地碰到晴朗的好天氣，導遊划著獨木舟載我們進入沼澤區，說是要抄短路到一個印地安人部落。沼澤區內千奇百怪、叫不出名字的植物，將雨林編織成了一個天羅地網，獨木舟在裡面艱苦前進，導遊不時拿起開山刀砍斷擋路的爬籐或樹枝，沿途我與朋友兩人只忙著揮趕一抓就有一大把的蚊子。

亞馬遜是典型的熱帶氣候，它沒有遭受第四世紀冰川的侵襲，很多生物在亞馬遜雨林中，避過了嚴寒，變成了稀有生物。因此，亞馬遜雨林是世界上生物多元化最豐富的地區。到過中國四川九寨溝的遊客，一定知道有個珍珠灘，樹木長在水中，不過，珍珠灘樹木並不高大。亞馬遜雨林沼澤區，浸泡在水中的植物，有很多是高大的喬木，也因此濃蔭蔽天。

我們問導遊，如果掉入沼澤，存活率有多少？他說，沼澤的水深約四、五公尺，水蛭吸血還不至於致命，電鰻電你一下就完蛋。至於亞馬遜河的食人魚，體長不過四十釐米，嗜血，吃掉一頭牛的時間，只約十五分鐘。雖然他說我們去的沼澤地區沒有發現過食人魚，我們聽了還是心驚膽顫，雙手緊緊抓住獨木舟，不敢亂動，只怕一不小心翻船掉入沼澤裡。

沼澤水中的世界，我們看不到，水面上如迷宮般的雨林，除了偶而聽到棲息在樹上的鳥兒叫聲外，異常寂靜。獨木舟輕輕往前划，我們更是閉緊了嘴吧，擔心喘氣太大聲，驚動了雨林中的主人：各種水面下與水面上的生物。熟悉沼澤地的導遊，後來碰到較大的擋路樹枝，也不願再砍伐，退回原路，不走捷徑到印地安部落。

沼澤水中還有鱷魚，鱷魚只在夜間出現。導遊在晚間八點多鐘，再划獨木舟帶我們去

「找」鱷魚。他用手電筒照著水面草叢，如果能看到一對紅色的眼睛，那就是鱷魚了。可惜，我們找了半個多小時，只看到一隻約三吋大的小綠色青蛙，鼓著胸停在水面的一片葉子上。導遊說，那晚月光太亮了，鱷魚不出來。

不過，我們在亞馬遜河則看到了粉紅色的海豚，在雨林的村落看到了南美洲叢林中特有的動物樹獺。樹獺只吃樹汁，整天倒掛在樹上生活，吃飯睡覺也不例外，一天睡眠時間長達十七、十八個小時，跟初生嬰兒差不多。我們也看到了三條各約四、五尺長的蟒蛇，被村民捕獲養著，供觀光客參觀。

雨林村民

因為沒電力，雨林村民的生活相當單調原始。我們走訪了兩個村落，村民都是印地安人後裔，但一個部落保留印地安人傳統，酋長還表演了百步穿楊的特技，用吹毒箭方式獵殺動物；另一村落村民白天看不到男人，我們到一戶人家，一位年約三十多歲的家庭主婦與三個孩子在家。這婦人說，她去過最遠的地方就是伊基多，也就是我們上機動小船的小城，四十五分鐘的水路。問她首都利馬去過沒有？她茫然不知。

村民住屋每一家都一樣，兩層木造、棕櫚葉屋頂，下層只有四根柱子支撐著上層，就像我們住的木屋「旅館」，只是更「家徒四壁」，只有簡單的炊具，「一家八口一張床」，雨林氣候濕熱，如不是為了防野獸，連房門都可以不要。

據了解，祕魯政府鼓勵人民到雨林定居。只要有人申請要在那裡定居，當地政府就劃出一塊地，至少幾十畝，範圍內的各種可吃的植物供他們採收或販賣為生。我們看到最多的是香蕉及木瓜樹。導遊說，村民要吃肉，就去打獵，也有人養了雞，要吃魚，到亞馬遜河裡抓。香蕉當蔬菜，炸、煎都可，我們在雨林裡，三餐都吃它，另外就是吃棕櫚樹的心，及一種像馬鈴薯的Yucca，除此，再無其他蔬菜。

我們走遍全村，只看到有一家在屋旁種了小的紅、黃色辣椒，沒看到有人種蔬菜。村民將多餘的香蕉、木爪拿到伊基多市場賣，換取一些日常用品。村裡只有小學，要上中學就必須到伊基多。生病有巫

亞馬遜雨林村落居民的孩子

醫，還有些就地可取的傳統藥草。村民最大的娛樂就是每星期六晚到村中一處公屋唱歌、跳舞、喝酒。然而，就像很多地方的原住民一樣，生活單調，無就業機會，男性村民多數酗酒，生活更無法改善了。

導遊賈西亞

四十六歲的賈西亞有印地安人血統，出生於雨林。他說，十一歲時看到有人帶著觀光客到他們的村落參觀，他覺得他也可以做，且是唯一可以逃家的機會，從此浪跡天涯，跟著觀光客學英語，曾走遍南美各國，最後還是回到他出生的雨林謀生。

賈西亞不僅是導遊，可以說，他也是生物學家、草藥專家、環保人士及時事評論家。帶我們走一段雨林泥濘路時，對兩旁的植物如數家珍，說明它們具有的「藥效」。像是將生木瓜劃一刀，流出的白汁，喝它一湯匙，可以用來墮胎；木瓜子不咬碎，直接吞下去，可以打肚子裡的蛔蟲；另外，還有什麼治攝護腺、壯陽的藥草等，不勝枚舉。

雨林裡的任何植物，都有它的用途。就以最常見的香蕉為例，果實可吃，香蕉葉可用來蓋屋頂，莖的部分可以取水。我們看到他將開山刀插入香蕉樹莖內，再抽出，來回兩次，開山刀被「洗」得乾乾淨淨。再搖晃一棵木瓜樹，成熟的木瓜掉下，他用「洗淨」的開山刀將木瓜去皮，切開三份，三人分享。

賈西亞對祕魯的政治人物評價很低，祕魯雨林佔全國土地百分之六十，但國會議員席次偏低，且為民喉舌的少，總是撈飽以後就走人，中間商得暴利，農民被剝削，有苦無處說。

由於對雨林的生態常識豐富，賈西亞曾經被邀請到芝加哥與學者合作研究雨林，他曾想留在都市謀職，但因為只有小學六年的學歷，找不到像樣的工作，最後還是回到他最熟悉的雨林。

賈西亞說，除了蛇類外，他喜歡雨林裡所有生物。他說，即使美洲豹在你旁邊出現，只要你靜止不動，豹就不會攻擊你。我們覺得他有「千里眼」，一隻比指甲還小的黑色青蛙，在泥濘路旁，他居然看見了撿起讓我們看；坐在機動小船沿河岸走，他指著岸邊高高樹上的一隻唱歌的鳥，告訴我們那是什麼鳥。可惜我們對生物的常識太貧乏了，常常是「鴨子聽雷」，不知所云。

當了三十多年的導遊，賈西亞雖然常識豐富，但就像雨林村民的宿命，逃不出雨林。不過，他的下一代命運就不同了。他有一兒兩女，兒子進了大學，學國際貿易，再過三年就可以畢業。他一輩子想逃出雨林在外打天下的願景，可望由他兒子來完成。

經濟發展與環保，永遠難兩全。多年前，巴西政府大力開發亞馬遜雨林，期望改善居民生活，但引起全球環保人士的撻伐，強調雨林自然生態一旦遭到破壞，地球也就萬劫不復。但是，雨林村民難道甘於永遠過著如此原始的生活？如何在經濟發展與保持生態之間取得平衡點，值得人類深思。

世界新七大奇蹟之一：祕魯「馬丘比丘」

美國國家地理雜誌出版的《旅行者》一書中曾推介：人一生中必須參訪的世界上最偉大的古文明，祕魯的印加文化即是其中之一。而有「失落的城市」之稱的「馬丘比丘」（Machu Picchu），就是印加文明的象徵。二〇〇七年七月七日，馬丘比丘與中國的萬里長城、印度泰姬瑪哈陵、約旦佩特拉古城、羅馬圓形競技場、墨西哥奇琴伊察馬雅金字塔及巴西里約熱內盧的基督巨像，同時被全球網路票選為世界新七大奇蹟。由此可證，這個「失落的城市」不是浪得虛名。

Machu印加語是「老」的意思；Picchu的意思是「山」。馬丘比丘位於祕魯古城「庫斯科（Cusco）西北方一百一十二公里、海拔二千二百八十公尺處。從庫斯科坐小火車需要三個半小時，下了火車再換乘巴士約二十五分鐘，即到達馬丘比丘的進口處。一九〇二年，這個印加城堡被Juan Lizarraga、一位住在古城堡外圍的庫斯科居民發現，但直到一九一一年美國歷史學家賓漢（Hiran Bingham）無意中探訪到，並公諸於世，這個「失落的城市」才為外界所知。

馬丘比丘地理位置險要，四周群山環抱，城下河流蜿蜒，位於四百多公尺深的Urubamba河谷之上。從古城全是利用石塊建造的建築物遺跡，可看到陡峭的石階、花園

左：祕魯馬丘必丘
右：祕魯馬丘必丘遺跡之一

梯田、祭壇、太陽神廟、皇宮、監獄、民居及完善的灌溉系統、三窗神廟，以及一塊用來作為測量四季和冬、夏至的雕石「Intihuatana」；遺址北面有山路通往傲視遺址的尖山Huaina Picchu，不過據說山路危險，登山前要先在入口簽「生死狀」，曾有遊客在山路摔下山死亡。

遺址建築群規模之大和工程之精細，遠超過今日人們所能想像。站在廢墟內，目睹這座千年前建造、如今已失落的古城，想像當年的繁華，不由得使人心生敬畏，感到震撼。而實地遊覽馬丘比丘，比單純欣賞它的照片，更能感受它亙古的存在，它的意義，不再只是單純瀏覽一堆石塊建造的古城而已。

馬丘比丘俗稱「天空之城」。據學者專家研究發現，它在印加帝國仍存在的時候，就已經被荒廢了，但它真正的歷史、它的用途，以及何以人去城空，迄今仍無定論。今日所有各種說法，也只是推論，實情如何，仍是個千古謎題。西班牙征服者於一五三三年打垮印加帝國時，直至一八二四年結束在拉丁美洲的殖民統治，從未發現過馬丘比丘這個謎城。如今，每天有數以千計的世界各國遊客前來參訪，城堡廢墟內觀光客絡驛不絕，想要找一處好角度獵取鏡頭，背景中總是有不少其他人頭。我們前來探訪的這一天，就碰到一群遠從法國來的老人團，雖然行動巍巍顫顫，卻個個精神抖擻，在遺址石階上爬上爬下，仔細聆聽導遊的解說，唯恐錯過每一個細節。

對喜愛徒步旅行的人來說，到了馬丘比丘而不去走一趟印加古道，多少會有「入寶山而空回」的遺憾。印加帝國建有龐大的交通網，以便當時帝國各行政區之間能夠聯絡，也方便各方臣屬前來進貢。印加古道以石頭鋪路面，寬度適合三、兩個印加牧人趕一群駱馬畜牧走動。古道遇河流則用繩索做成吊橋通行，有些古道至今仍為當地農人所使用。但令人印象最為深刻、且保存最好的，即是連接庫斯科到馬丘比丘的古道。古道周遭有四十七種稀有哺乳動物、三百五十種鳥類及三百種以上的稀有品種蘭花等。我們搭乘火車從庫斯科到馬丘比丘，總共有三個站，看到不少觀光客背著登山背包在馬丘比丘的前一站就下車了，他們要走印加古道，說不定也在那裡露營。而要同時探訪馬丘比丘和走印加古道，至少需要兩天時間，第一天住宿馬丘比丘外圍的旅館；第二天才有充分的時間徒步旅行。我們沒有經驗，只訂一天來回的火車票，且沒預訂旅館，想留下來也沒轍。

要走訪馬丘比丘，必須先到庫斯科古城。庫斯科位於祕魯首都利馬東南部一千一百六十八公里處，海拔三千三百六十公尺。我們從洛杉磯搭機直飛利馬，接著轉機到庫斯科，從平地到海拔超過三千公尺的高地，高山症馬上出現，頭痛欲裂。因為行前聽一位早一個月前來遊玩的朋友說，她一點高山症都沒有，就沒有準備藥物，第一天夜裡，真正「痛不欲生」，輾轉難眠，還擔心第二天如何能參加當地及周遭的城市之旅。幸虧第二天，在旅遊巴士上，來自馬里蘭州的一對美國觀光客夫婦，看我無精打采，問明原因，立刻義助二顆頭痛藥，一個小時後，藥到病除，神采奕奕，繼續旅程。

庫斯科，在印加語裡意味著「世界的中心」。相傳西元一千二百年前後，印加傳奇人物曼科．卡帕科（Manco Capac）在安地斯山區，選擇了一塊偏僻的高地，作為他創造印加帝國的基地。這個包括庫斯科及其周圍的土地，便成了這個統治家族世代相傳的領土。直到印加王朝第九任君主帕恰庫蒂（Pachacuti）執政後，才透過軍事擴張，將這個山區小國發展成為持續百年的龐大帝國，當時帝國的版圖包括今日的厄瓜多爾、哥倫比亞、玻利維亞、智利及阿根廷等國。庫斯科也成為印加帝國的首都，在一四三八年至一四九三年間為最繁華時期。一五三三年十一月十五日，西班牙佔領軍進駐庫斯科。一五四四年，隨著西班牙總督首府遷往利馬，庫斯科的地位逐漸降低。

印加帝國鼎盛時期的版圖，相當於今日兩個半的德國。一五三三年，西班牙探險家皮薩羅（Francisco Pizarro）及其手下受印加人的黃金取之不盡的傳說驅使，揮軍向帝國及首府庫斯科進攻，帝國因此淪亡。利用印加人已有的建築地基，西班牙人在庫斯科建造了地主莊園、教堂和修道院。他們替印加帝國古都換上了一副新的臉孔，並逐漸把它變成了一座巴洛克風格的主教駐地和大學城。如今，更是世界各地珍惜人類文化遺產的觀光客一生中必訪之處。今日，遊客信步走在市中心周圍的鋪石路面，聽著「練兵廣場」大教堂傳來的鐘聲在空氣中迴盪著，人們仍能感受到一股殖民地的氣息，當年西班牙人留下的征服遺跡，在庫斯科古城內，無所不在。

阿根廷探戈：教宗方濟各家鄉

全球十二億天主教徒的精神領袖——第二百六十六任教宗於二〇一三年三月十三日經由梵帝岡教廷樞機主教團選出。新教宗是義大利移民後裔、在阿根廷首都布宜諾斯艾利斯長大的樞機主教伯格里奧（Jorge Bergoglio），就任教宗後的聖號為「方濟各」（Pope Francis）。

據媒體報導，新教宗喜愛阿根廷探戈。

豈止教宗喜愛探戈！阿根廷人人會跳探戈，探戈已是人們生活中的一部分，就像喝「馬黛茶」一樣，阿根廷人日常生活中都少不了它們！

二〇一〇年十一月，有機會到這個素有「南美小巴黎」之稱的阿根廷首都布宜諾斯艾利斯開會，當時就領教了阿根廷探戈的魅力。會議期間，獲旅居當地僑胞的熱烈招待，在歡宴酒醉飯飽後的餘興節目中，他們熱心邀請我們跳探戈，一聽我們說不會，立即大嚷：「什麼？不會探戈。來，很簡單，我教妳！」他們強調；跳探戈，是阿根廷民眾生活的一部分，連旅居當地的僑胞不知不覺間也融入！

布宜諾斯艾利斯是全世界探戈的搖籃和首府，這十九世紀末在拉普拉塔河畔誕生的獨特歌舞，結合了歐洲和非洲的旋律。探戈歌詞裡有很多字是從拉普拉搭河畔居民慣用的方言中的暗語。據說，這些暗語源自於當時監獄囚犯們用來聯絡的「黑話」，懂西班牙語的人多少會聽懂一些。

探戈音樂以手風琴伴奏為主，為拉普拉塔河畔的民歌注入深沉幽鬱又情詩般的旋律。在布宜諾斯艾利斯街道店鋪或街頭不時可見探戈海報，動聽的探戈舞曲歌聲流淌著，掩蓋了城市裡種種的噪音，連它們幾乎每天都在街頭上演的工人示威活動，也充滿了節奏感！

布市到處都有探戈現場秀表演，我們住宿的旅館隔壁就是一家較具規模的探戈秀場。除了探戈表演外，還提供著名的阿根廷牛排或國際名菜，讓觀光客可以同時兼顧口福與眼福。吃與不吃，票價差很

阿根廷首都布宜諾斯艾利斯的街頭探戈

大。我們選擇不吃，但單點一瓶礦泉水，也花了美金六塊半。

除了探戈之外，布宜諾斯艾利斯精緻的人文藝術，令人十分驚豔，傾心不已。回來之後，不時打開圖片檔案觀賞，後悔沒為它留下更多的倩影。現在就簡略介紹一二，與大家分享：

博卡區（La Boca）露天藝術村

布宜諾斯艾利斯勞工階級聚居的博卡區，是個河畔社區。十九世紀中，歐洲移民來到阿根廷，就在博卡區的里約楚爾羅河（Riachuelo）登岸，住在岸邊簡陋的鐵皮屋，開始他們在陌生的新世界裡討生活。

時光荏苒，一百多年過去了，現在，博卡區內的卡米尼多文藝街（La Calle-Museo Caminito），是一個沒有門庭更看不到信箱的露天藝術博物館。短短一百公尺的小街，入目盡是藝術家和手工藝品的攤位，販賣他們自創的藝術品；街道兩旁的鐵皮屋依然存在，但外表被漆成五顏六色，就像是一幅又一幅的巨大抽象畫。有些建物的外牆上，還可看到藝術家們的浮雕、鑲嵌工藝品及壁畫等創作。

從貧民聚居的鐵皮屋，蛻變成為藝術家聚集的露天藝術博物館，這是上一世紀阿根廷畫家金蓋拉．馬丁（Quinquela Martin）的創意。他率先在博卡區卡米尼多街的鐵皮屋漆上豔麗的色彩，吸引了各地藝術家先後入駐擺攤，展示販賣作品。從一九五九年起，卡米尼多街就成了世界上第一個以人行步道組成的露天藝術博物館。這條小街曾經是布市通往思塞納娜（Ensenada）鐵路線的一部分，現在則是觀光客旅遊布宜諾斯艾利斯必看的景點之一；而為這條小街改造命運的先驅金蓋拉・馬丁在當地的故居，現在成為展示他碼頭工人畫像的畫廊。

我們漫步在這條溢滿藝術氣息的小街上，來自各國的觀光客摩肩接踵，擺攤的藝街家們多數一副「姜太公釣魚，離水三寸」的架式：「願者上鈎」。他們不主動推銷，當然也不准遊客隨意拍照，擔心創意被竊取？

小街上有多家餐館，餐桌擺在街道上，菜式好壞不知。最特別的是，有舞蹈專人在手風琴的彈奏下，現場表演阿根廷探戈，娛樂食客；街道上也有男女探戈舞街頭藝人，穿著五、六〇年代的服飾，頭戴禮帽，等著教觀光客一兩招探戈舞步，或擺弄舞姿合照。這當然要收費。我同行中的一位朋友，那一陣子剛好迷上阿根廷探戈，逮到機會，選了一位看來舞藝不差的帥哥搭檔，當街就翩翩起舞了。

但是，我們也被旅居阿根廷多年的僑胞警告，博卡露天藝術村固然是阿市的觀光景點，值得遊覽，白天結伴來逛逛還可以，晚上千萬不要來，因為治安太差，不安全。

科隆劇院（Teato Colon）

建築華麗的科隆劇院，名列世界三大歌劇院之一，名揚四海，使得具有法國城市風味的布宜諾斯艾利斯能夠與義大利米蘭、德國柏林平起平坐，毫不遜色。

一九〇八年，科隆劇院以威爾第（Giuseppe Verdi）所譜的《阿伊達》拉開序幕。從劇院落成至今，一百多年來，幾乎所有全球最傑出的演員、歌唱家等演藝人員，都曾在這兒演出或粉墨登場過。劇院本身擁有固定的樂團、舞群、工作坊、藏書閣和展覽室。在舉世無雙絕佳的音響效果表演大廳中，可容納三千七百五十四個座位和七百個站位觀眾。

整座劇院佔地八千二百〇二平方公尺，耗費二十年完成。它的建築風格融合了義大利文藝復興、希臘雅典、德國和法國的設計，取其精華但另自創它在十九世紀的風格。劇院正廳以馬蹄形分成七層，有三個包廂。頂層樓座劃分為四個區。參與設計的建築師包括：Francesco Tamburini、Vittorio Meano及Jules Dormal。

我們久仰科隆劇院大名，有機會來到它的所在地，當然不容錯過。在開會期間的一天溜班，跑到劇院想買當晚音樂會的站票，「一張都沒有！」售票員說，連最近兩個禮拜的站票都預售光了。真不敢想像，容納七百個站位的票都賣光了，遑論座位票！

我們停留在布市的時間有限，無緣與科隆劇院相聚一晚，就此擦身而過，不免遺憾，滿懷悵惘！

阿根廷有太多的輝煌往事，曾經不知貧窮為何物！它未參與兩次世界大戰，還靠販賣糧食給參戰國家，就使他們的「銀行走道都堆滿了耀眼的金塊」。國家富裕時，有能力、有魄力來打造布宜諾斯艾利斯成為一個人文藝術達到頂尖的「夢幻城市」。

時代變遷，加上世界經濟不景氣，如今這個有「南美小巴黎」之稱的典雅城市，老了，累了，掩飾不了它的滄桑。儘管曾經有過的輝煌不再，但遊客到此，仍能感受到它那雍容華貴獨特的氣質！

艾薇塔的長眠之地：阿根廷的貴族墓園

阿根廷首都布宜諾斯艾利斯有一座私人墓園，名為「La Recoleta Cemetery」（中文譯名「靜修園」），馳名國際，除了因墓園設計獨樹一幟外，更因長眠在此者，絕大多數屬來自歐洲的貴族移民，或曾是阿國社會上顯赫的人物。貴族墓園中的逝者，當數阿國前總統璜・裴隆的妻子艾娃・裴隆（Eva Peron, 1919-1952），最具「知名度」，每年都有成千上萬訪客前來祭悼，她的的墓碑上常年都有鮮花供奉著。

二〇一〇年十一月，第十九屆世界女記者暨作家協會年會在阿根廷首都布宜諾斯艾利斯舉行，中華民國分會組了十人代表團參與。會後，承蒙旅阿台灣僑民解俊林先生的熱情款待，特別抽空帶我們到「貴族墓園」（即「靜修園」）參觀遊覽，並詳加解說，令我們大開眼界。

靜修園佔地約六公頃，座落在布宜諾斯艾利斯的北區，整個瑞蔻蕾塔社區（Recoleta）環繞墓園而建。墓園內有數百座精緻富麗堂皇的大理石墓穴，埋葬著這城市許多富豪家族的成員。阿國多位前總統、兩位諾貝爾獎得主Carlos Saavedra Lamas（和平獎）和Luis F. Leloir（化學獎），作家Adolfo Bioy Casares，以及千萬阿根廷民眾暱稱她「艾薇塔」（Evita）的裴隆夫人等生前顯赫知名人士，也都長眠於此。

十八世紀初期，Recoletos的僧侶來到了布宜諾斯艾利斯城的郊外，建造了一所修道院及一座教堂，墓園就圍繞著修道院及教堂而建。一八二二年，因基督教士規範的改革，僧侶遭到驅逐，修道院變成了布市第一個公共墓園。墓園藍圖是由法國工程師佩羅・卡特林（Prospero Catelin）所繪；一八七〇年代，黃熱病在布市肆虐，城中很多富豪等上流社會人士為此搬遷到城北瑞蔻雷塔社區居住。靜修園，也就是貴族墓園，就成為他們靈魂最後的安息處所。

一八八一年，墓園在托爾夸托・阿爾維亞市長任內修建。建築師布斯齊阿索（Juan Antonio

阿根廷裴隆夫人艾薇塔的墓碑

Buschiazzo）負責督導當時的工程。墓園小教堂屋頂上的基督像是義大利雕刻家蒙特貝爾列（Giulio Monteverde）的大作。園區內許多拱頂建築和陵墓設計，是多位大建築師嘔心瀝血的作品，其中七十多個拱頂陵墓建築已被列為阿國國家一級古蹟建築物。

我們一行在解俊林先生的帶領下，從墓園進口處進入，就是一條「主街道」。這才發現，原來貴族墓園的設計，就如同一般的都市規劃，有較寬廣的主街道及狹窄的巷道。主街道及巷道兩旁各有建築物。只不過，都市建築供活人居住，墓園建物給往生者安息。

貴族墓園內總計有四千八百個墓穴，每個墓穴都是地面一層、地下兩層的建築物。空間夠大，足夠容納整個家族幾代成員遺體安葬。

「每一個墓穴分別埋葬了一個家族為人所知或不知的故事！」解俊林指著一個有著白色大理石少女雕像的陵墓建築說，這是個悲慘的故事！據說，這個富豪家族十六歲的獨生女，患有癲癇症，某一天病發昏死過去，家人在悲痛之餘，很快地把她的「遺體」，放進棺木裡，準備送到家族墓穴埋葬。據說，當天抬棺的工人聽到棺木裡有敲打的聲音，他把這事告訴了少女的父親。少女的父親認為，這是不可能的事！一定是工人的幻覺。但到了墓園，少女的父親不捨愛女的驟逝，決定開棺再看最後一眼，卻赫然發現，女兒不是死於癲癇，是在棺木內窒息而死，死前曾奮力掙扎敲打棺木，卻得不到救援而魂歸離恨天。據說，因這意外事件，政府當局從此規定，人死後一定要等四十八小時後，遺體才能入棺，避免再發生類似的慘劇。

前來墓園參觀的訪客一定不會錯過第五十七號、由黑色大理石建造的陵墓。這裡埋葬著千百萬阿根廷民眾心目中的「聖徒．艾薇塔」（Saint Evita，艾薇塔是艾娃的暱稱）。她離世迄今已逾六十年，但對阿根廷勞工階層的影響力始終不墜，有「工人之母」的稱譽。

艾薇塔出身貧寒，十五歲開始當舞台劇演員。據說她演技平平，卻善於結交能幫助她事業發展的男人。一九四三年，阿根廷軍人發動政變，成立軍人政府，裴隆上校當時雖然知名度不高，卻在軍政府幕後掌有實權。艾娃和裴隆交往，旋即同居，成為裴隆的情婦，開始積極介入政治活動。

當時阿根廷人口約一千四百萬，三分之一住在布宜諾斯艾利斯及市郊，其中百分之六十屬貧民。艾薇塔很明白，選舉時一人一票，勞苦大眾值得爭取。她要裴隆做勞工心目中的英雄、領袖。他們走遍全國，包括窮鄉僻壤和新興工業城，擁抱勞工，舉行群眾大會，傾聽他們的心聲。裴隆利用勞工部的職權，制定對勞工有利的法令，為他們爭取福利。

一九四五年，裴隆組成勞工黨。次年，他在總統大選中獲勝。之前，他和艾薇塔已經正式結婚。艾薇塔名正言順成為阿根廷第一夫人。

艾薇塔站在權力高峰時不忘照顧弱勢族群。她口才便給，鼓勵民眾叫她「艾薇塔」，經常利用廣播，發表演說，煽動人心。她的風采風靡全國，所到之處，群眾爭相追隨。她不怕得罪有錢人，考量選舉時一人一票，而阿國人口結構占大多數的是勞工大眾，不是有錢人。

成為「第一夫人」的艾薇塔很快成為全國最有權勢的女人，她的名字無所不在。很多人認為她才是國家真正的領導人；她對付政敵，毫不手軟，不是下獄，就是生活悽慘；她也控制媒體，上百家報社被迫關門；她花錢如流水，拿公款購買無數的昂貴珠寶。但她同時也積極為窮人謀福利。她的政敵曾說：「艾薇塔為勞工所做的事，只要我們做了一小部分，就沒有裴隆的存在。」問題是，只有艾薇塔想到了勞工，且真正費心為他們做了事。

一九一九年出生的艾薇塔，一向體弱多病，病逝時只有三十三歲（一九五二）。她的支持者如喪考妣，二百多萬人大排長龍，四人一列，繞了二十條街，只為了瞻仰艾薇塔遺容二十秒鐘。她離世後，影響力不減。國內四處可見艾薇塔的海報，勞工大眾恭奉她為「工人之母」。他們不在乎裴隆統治下的國家沒有自由民主，也不在乎裴隆還有貪污罪狀。他們只記得，在裴隆的統治下，他們的生活才獲得改善，活得有尊嚴，「工人可以和工廠經理一樣大聲說話」。

靠著艾薇塔生前的形象包裝，裴隆先後贏得阿根廷三次總統大選。

艾薇塔短暫的一生，所作所為爭議不斷，但不論世人對她評價如何，她的「國母」形象已深植在阿根廷千萬支持者的心目中，以至於多年前美國歌唱天后瑪丹娜在《阿根廷別為我哭泣》影片中，飾演艾薇塔一角時，竟遭到很多阿根廷民眾的抗議。

參觀貴族墓園時，我們不能免俗地的走到艾薇塔的黑色大理石墓碑前，看到墓碑上插滿鮮花，墓碑右側有多面紀念銅碑，其中一面寫著：「如果燃燒我的生命能照亮千萬苦難同胞，我願燃燒自己，天佑阿根廷：我將回來，不再孤獨。」

今日，我們在艾薇塔的墓碑前，大概也只能停留二十秒鐘，因為絡驛不絕的觀光客，逼得我們不得不快速移動腳步。

艾薇塔的遺體下葬貴族墓園前，還有一段曲折的故事！她去世時，本來遺體暫厝在勞工聯盟總部，等待造價數百萬、比自由女神像還高的陵寢落成後再移靈。但因國內政情不變，裴隆失勢，她的遺體神祕失蹤達十六年之久。原來，反裴隆的軍政府將艾薇塔的遺體私運到義大利米蘭以平民身分安葬。一九七二年，執政的軍政府在國內政情持續動盪不安的情況下，終於讓步，讓流亡國外的裴隆回國，並交還艾薇塔的遺體，下葬在貴族墓園。

走出貴族墓園，外面就是車水馬龍的大街，這時是下午四點多，阿根廷的春天，陽光柔和溫暖，這才一掃在墓園內有時不免陰森的感覺。

揮灑烈愛話藍屋

我是先知道馳名世界的墨西哥壁畫家迪亞哥．里維拉（Diego Rivera）後，才發現藝術才華與成就不遜於他的妻子芙烈達．卡蘿（Frida Kahlo）。不管在什麼地方，只要看到畫像招牌的「一」字眉，不用讀說明，就能確定她就是芙烈達．卡蘿。二十世紀拉丁美洲最偉大的超現實主義、魔幻現實主義的女性藝術家。

二〇一四年十月，世界女記者與作家年會在墨西哥舉行，這才有機會造訪芙烈達出生與去世時居住的藍屋（Blue House）。藍屋原不在我們規劃的旅遊項目內，卻是此行收穫最為豐碩的景點之一。

藍屋座落在墨西哥城南科約阿坎（Coyoacán）區Lonres街二四七號。這條街是墨市最古老及最美的街道之一。一九五八年，在芙烈達去世四年後，藍屋成為博物館，開放公眾參觀。今日它是墨西哥首都最著名的博物館，每個月訪客平均約二萬五千人，其中百分之七十來自國外。博物館早上九點開門，我們造訪當天，九點不到，已經有多位訪客也在等待開門。在墨市每天早上八點以後到處嚴重塞車的情況下，藍屋座落的街道卻十分寧靜，偶而才見一部車悄然駛過！

藍屋建於一九〇四年，是芙烈達父親購置興建的。土地面積一千二百平方公尺，建

墨西哥女藝術家芙烈達的藍屋

物佔八百平方公尺。房屋中間是平台，房間圍繞著平台。初時室內設計完全法國風格。迪亞哥和芙烈達居住期間用顏色和民俗藝術品裝飾，改變了藍屋的風格，使它展現墨西哥傳統風土民情。

為什麼是藍色的房子？一九五五年，墨西哥詩人Carlos Pellicer這樣形容這幢獨特的房子：「屋內屋外漆成藍色，讓房子看起來像是一小片的天空。那是小城裡典型平安和寧靜的房子。住在這裡，能享用美好的食物，能一夜酣睡到天明，生活無壓力，生命充滿了精力。且能在此平靜地離世。」

一九三七年，蘇聯革命領袖托洛斯基夫婦，為逃避史達林的追殺，流亡到墨西哥來，就住在芙烈達、迪亞哥的房子裡。為了托洛斯基的安全，才開始建造高大的圍牆，並漆成鮮豔醒目的藍色。據傳，後來芙烈達因與托洛斯基有染，托洛斯基夫婦才搬到離藍屋不遠的幾條街外，但，托洛斯基最終還是遇刺身亡。迪亞哥和芙烈達都是墨西哥社會運動的支持者，同情弱勢族群，到訪藍屋的世界名人不計其數。美國標準石油公司創辦人洛克斐勒曾邀請迪亞哥，到紐約為他的辦公大樓畫大型壁畫。迪亞哥畫出來的壁畫內容盡是描述資本家如何地壓榨勞工的醜惡嘴臉等，洛克斐勒要求迪亞哥修改內容，遭到拒絕，壁畫被毀。

我們在墨城總統府二樓長廊，看到迪亞哥的大型壁畫，內容涵蓋：墨西哥早期的阿茲特克人的生活形態、部落之間的相互殘殺、西班牙人的統治、獨立建國運動及現代化過程。芙烈達赫然也在壁畫內。看完了壁畫，就大致明白墨西哥發展的歷史。

雖然號稱「博物館」，藍屋其實是芙烈達去世前的故居。現在展示的所有物件擺設，一如她生前。藍屋收藏有芙烈達最重要的作品，如一九五四年*Long Live Life*、一九三一年*Frida and Casearen*，以及一九五二年她父親*Wilhelm Kahlo*的自畫像等。他父親是德裔猶太畫家兼攝影師。

芙烈達六歲罹患小兒痲痺症，十八歲就讀高中時出了一場大車禍，導致她有九個月的時間只能躺在床上靜養。她母親在藍屋二樓的一間臥房牆上，貼一面大鏡子，芙烈達就照著鏡子畫自畫像。在她的床頭上方牆上，還有列寧、史達林及毛澤東一幅尚未完成的畫像。

車禍後不良於行，影響到她與人隔絕。車禍後多達三十五次的手術所忍受的巨大痛楚，影響到她創作的內容：芙烈達畢生畫作中，有百分之五十五是一幅又一幅內容支離破碎的自畫像，如器官分離、開刀、心臟等具體的表徵，說明畫家忍受的痛苦。但她因深受墨西哥文化的影響，作品經常使用明亮的熱帶色彩，有著寫實主義和象徵主義的風格。

迪亞哥有相當長的一段時間，和芙烈達居住在藍屋。藍屋是芙烈達父親的產業，迪亞哥曾想購下，但因鉅額貸款及芙烈達龐大的醫藥費支出，使他不得不罷手。兩人都喜愛收集民俗藝術品，迪亞哥特愛早期西班牙的工藝品。現在我們能看到藍屋室內及花園展示的各個民俗藝品，都是貨真價實，如假包換。藍屋內芙烈達的畫室，也是迪亞哥特別請專家設計。使用的建材有火山石、墨西哥太陽金字塔的石頭、海洋貝殼等等。

芙烈達一九〇七年七月六日出生，一九五四年七月十三日去世，享年四十七。迪亞哥在芙烈達離世後三年也往生。迪亞哥在他去世前交代友人羅菈說，在他去世後十五年內，藍屋他臥房內的浴室，以及連著芙烈達臥房浴室的一個小儲藏室、衣櫃等，都不能公諸於世。

羅菈信守承諾，雖然藍屋成為博物館開放公眾參觀，但上述幾處一直是個禁地，誰也不知道裡面有些什麼。二〇〇七年芙烈達百歲冥誕時，博物館才公開這些發現，包括：二萬二千個文件、六千五百張照片、三千八百多本書、幾打的繪畫、個人的物件、衣服、藥物及玩具等。其中有一項發現，芙烈達戴著耳環的一幅自畫像，耳環是一九三九年，她去巴黎時西班牙畫家畢卡索送給她的禮物。不過，現在耳環不知去向。

芙烈達與迪亞哥結婚後，曾寄居國內外不同的城市，但芙烈達一有機會就回到墨西哥城科約阿坎區她出生的藍屋。臨終前幾年，她選擇回到藍屋居住直到去世。藍屋是她的根，也是她藝術創作的泉源！

芙烈達的生平曾三度被拍成電影。二〇〇二年，由墨西哥演員莎瑪・希恩飾演芙烈達的電影，中文片名為《揮灑烈愛》。儘管迪亞哥風流多情，結婚多次，與芙烈達也是結婚、離婚、再結婚，但最後守候在芙烈達身邊，直到她離世的，還是迪亞哥。

《揮灑烈愛》，訴說她對迪亞哥與藝術的深情，也可用來描述她對藍屋至死不渝的愛戀！

世界屋頂，朱顏已改

一九九五年六月，我和同事師惟從舊金山飛到阿拉斯加的第一大城安克拉治渡假。

走進當地旅行社，發現有到「世界屋頂」之稱的「巴羅」旅遊廣告，位在北極圈內，是個寸草不生的愛斯基摩人保留區。於是，我們各花五百美金報名參加一天一夜的旅遊行程，前進北極圈內了。

巴羅是阿拉斯加州最北邊的一個小村落，土地面積不到十九平方英里。地理位置在北極圈北方三、四十英里處，就在遍地是冰的北極圈邊緣。一年當中從五至八月初有八十二天是永晝，太陽不下山；十一月至一月之間有五十一天是永夜，太陽不出來。遊客都是利用永晝時間前往參觀瀏覽。

巴羅當時人口四千四百二十八人，有三分之二屬愛斯基摩人，另外就是從外地到那邊工作的人。我們先在安克拉治搭機到費爾班克，再換小飛機飛到這個地球上最北、寸草不生的陸地小村落遊覽。

走在巴羅街頭（實在稱不上一條完整的街），放眼望去，除了年紀較長者臉部輪廓鮮明，一眼肯定是愛斯基摩人外，年輕一代，有些看來像東方人，有些更像是混血的白人。

遊客如果想在巴羅看愛斯基摩人獨有的「冰屋」，鐵定要大失所望。包括政府機構、學校及住屋建築，看起來都比較像倉庫，或像馬房、農舍。而且，每棟建築物都沒有地基，像是用木材釘好了隨意往地上一擺，就可以了。一般住宅外盡是廢棄的汽油桶、「分屍」的機車，腳踏車或獨木舟等各種破銅爛鐵。有少數人家則在籬笆上曬動物皮毛。

問當地導遊：愛斯基摩人為什麼不把住屋周遭環境弄乾淨些？導遊說，那些東西都還有用處，誰家缺少了什麼「零件」，都可往別人家找，每樣東西都可「廢物利用」。

巴羅唯一的一家超級市場，裡面的民生貨品倒相當齊全，只是蔬果類價錢約為加州的三倍。其他用品則與加州相當，並不因在極地而

「世界屋頂」巴羅的愛斯基摩婦女

抬高物價。當地唯一的一家旅館「世界屋頂」，裡面賣的運動衫、馬克杯之類的紀念品，與阿拉斯加最大的城市——安克拉治的大商店，同一廠牌標價完全一樣。

想知道傳統愛斯基摩的食物是什麼嗎？好奇的旅客難免要大失所望，因為巴羅沒有愛斯基摩食物的餐館。村裡「唯二」的兩家餐館，一家賣的是墨西哥食物；另一家賣一般老美的食物，像是三明治、漢堡、牛排之類的，價格貴得驚人，一個極普通的漢堡，要價十美元（餐館餐單中標價最便宜的食物）。因為別無選擇，我們也只有忍痛點了。

愛斯基摩人捕鯨、食鯨肉，但不買賣鯨肉。一旦有人發現鯨魚蹤跡，信號傳回，全村人立刻放下手邊工作，跑去協助。所以，如果發現全村如「鬼域」，空無一人，不必驚訝，人們都去捕鯨了。捕獲的鯨魚供全村人分享。一條鯨魚少說也有數千公斤，一時吃不完，他們就挖了地窖冷藏。北極圈氣溫低，大地就是最好的天然冰箱。

在巴羅街道上可看到大塊大塊的鯨魚肉擺在地上的木板上解凍，也不見人看管。當地人吃鯨肉的方式很特別，有人用小刀切下薄薄一片，什麼醬料都不沾，就像吃生魚片那樣生吃。有的人則將鯨肉用來熬油沾食物吃。

到巴羅的遊客總要問當地人「蚊子」的問題。阿拉斯加蚊子為何如此聞名？據說，巴羅沿北極海地區，海水解凍後，根本看不到海水，因為海面全被蚊子覆蓋住了，蚊子多到你伸出手，一把至少可以抓住五十隻。

巴羅之所以吸引觀光客（以北歐遊客為主），除了地理位置是地球最北端的陸地外，「永晝」也是個大賣點。想想看，在午夜十二點，天空仍然是亮的，人們還可以在結了冰的北極海邊，戰戰兢兢地走來走去，捕捉鏡頭，運氣好時，還可以看到可遇而不可求的「北極光」。這種際遇，不是每個人都有機會碰到的。另外，對於不習慣「晝寢」者，「永晝」一天似乎不只二十四時，可以做好多事情。

據說，美國政府鼓勵愛斯基摩人居住在保留區，只要住在保留區內，政府每個月固定發給生活費用。巴羅的愛斯基摩人，除了打獵捕鯨外，還替公家機關做零工。因為極地天寒地凍，建築物容易損壞，一年到頭總有修修補補做不完的工作。

愛斯基摩年輕人當然也想闖外面的世界。但有人在闖蕩多年後，還是回到他們生長的土地，主要是受不了外界人與人之間冷漠、隔閡的疏離感。愛斯基摩人的人情味濃厚得多，例如有孩子要是在外面迷路了、餓了，隨便走進哪一人家，不管認不認得，都會受到熱烈的招待。

不過，就像其他地區很多原住民一樣，愛斯基摩人也面臨保存舊傳統，或全盤接受科技文明的困擾。老一代人努力維持舊有的傳統文化、習俗及語言；年輕一輩則只想趕快跟上時代，追求物質文明。於是，巴羅小村內設備簡陋的商店，可買到最新流行的音樂錄音帶，喝過丟棄的可樂罐頭滿街是。

根據考古學家的研究，現在住在北極圈的愛斯基摩人的祖先，可能是蒙古人種，為某種原因從西伯利亞東移過白令海峽而後定居下來。現在巴羅的愛斯基摩人可不這麼認為。有兩位年輕人堅持說，他們是最早的「美國人」，他們的祖先「後來有人到西伯利亞去」。

不論愛斯基摩人祖先來自何處，科技文明巨掌在今日世界各地，處處顯示它「無所不在、攻無不克」的威力。即使遠在「世界屋頂」的巴羅，原來擔任重要交通任務的「哈士奇」狗，現在也淪為看門狗或寵物了。看到滿村奔馳而過的機車，狗性如果有知，能不感嘆？

法國洗衣館

請不要被它名字所誤導，「法國洗衣館」（The French Laundry）不是洗衣服的店，而是世界知名的美食殿堂。一九九四年開業以來，已經得獎無數，且被法國最權威的餐飲雜誌《米其林指南》（Michelin Guide）評為最高級的三顆星餐廳。

「法國洗衣館」餐廳也不在法國，它座落在舊金山北邊約七十英里、納帕酒鄉心臟地帶的Yountville小鎮內。餐廳外表是一間並不起眼的兩層樓石造平房，也沒有明顯的招牌，如果不

加州「法國洗衣館」餐廳

留意，沒有人會注意到這就是鼎鼎大名，已為眾多美食家公認為美國排名第一的餐廳。

「法國洗衣館」餐廳主人兼總廚湯瑪斯．凱勒（Thomas Keller），是美國餐飲界最成功的傳奇人物，擁有「美國最佳廚師」的美譽。他除了「法國洗衣館」外，在加州Yountville還經營Bouchon和Bouchon Bakery兩家餐館和西點店；在拉斯維加斯也開一家Bouchon；在紐約則有Per Se和Bouchon Bakery兩家店。二〇〇七年，「法國洗衣館」和在Yountville的Bouchon餐廳，曾同時榮獲法國權威餐飲雜誌《米其林指南》評選為三顆星及一顆星的餐館。，他在紐約的Per Su餐館，也曾獲得三顆星的最高評價。

從一九〇〇年起，《米其林指南》開始以星級評比世界各國著名餐館，湯瑪斯．凱勒是第一位、也是唯一同時擁有兩家三顆星餐館的美國出生廚師。

湯瑪斯．凱勒，從事烹飪是由任職餐廳經理的母親啟蒙。十多歲時，媽媽在佛羅里達州「棕櫚灘遊艇俱樂部」餐廳擔任經理。夏天，湯瑪斯．凱勒去餐廳打工，從洗碗打雜做起，在媽媽的教導下，他很快地就升任烹飪的工作。但最重要是，在這段期間內，他從母親那裡學會敏銳地觀察，以及對工作的每一步驟，反覆地練習，直到至善至美為止。這個特質，成為他日後工作的座右銘。有個關於湯瑪斯．凱勒的傳說，據說，他每設計一道新的菜式，可以反覆地練習上千遍，直到毫無瑕疵為止。

「在餐飲業工作反覆練習是什麼用意？」多年前，湯瑪斯．凱勒接受《舊金山廚師》雜誌（San Francisco Chefs）訪問回答這一問題時舉例說：「就像是堅持做到每一片肉都要達到完美品質的境界。又如，當你在剖洋薊時，你腦袋同時可以想出幾千種不同的處理方式。」「反覆地做同一件事，有時不覺得無聊嗎？」凱勒同意這個說法。不過，他緊接笑著說：「就像跑馬拉松，在某些地方，你撞到牆了，可你還得努力穿過去！」

年少在餐廳打工發覺自己對從事餐飲業的興趣後，湯瑪斯．凱勒認為自己必須接受專業訓練。他專程赴巴黎追隨法國名廚Roland Henin學習法國傳統烹飪手法，又到「米其林」所屬包括：Taillevent、Guy Savoy和Le Pre' Catalan等星級餐館實習一年半。

一九八四年，他回到美國繼續精研廚藝，在紐約為La Reserve和「Raphael」餐廳工作。一九九〇年代初，他遷居洛杉磯擔任Checkers旅館餐廳的主廚。兩年後，他到北加州酒鄉納帕看上「法國洗衣館」這棟房子，感覺上這似乎應是他一生創業的起點。一九九四年，「法國洗衣館」正式開張。此後短短的十年間，他在加州、拉斯維加斯、紐約等陸續開張五家餐館，還出版了多本烹飪書籍，並經營多項與餐飲相關的事業。

凱勒傳奇性的成功過程，經由書籍及電子媒體廣泛介紹，已為美國人所熟知，且是被敬佩的人物。「法國洗衣館」是以法式烹調手法為基礎，但料理方式則以加州菜融合中餐、法餐和義大利餐的用料及調理。另外，為保證食材的新鮮及品質，凱勒直接與供應原料的農戶建立獨有的供應線，幾乎全用時鮮材料，所以，菜單經常變化。他費心設計出與眾不同的菜單，由開胃頭檯到主菜，多達八道到十二道，但一概小巧玲瓏，以提供客人可以同時品嚐多樣的佳餚。

「法國洗衣館」餐廳有以下幾個特色：

第一，開張時價錢就比一般餐館高，包括甜點在內，五道菜每人四十八元，當時灣區一般高級餐廳，每人消費額約在三十至三十五元之間。

第二，每道菜的設計，不但色、香、味俱全，且像藝術品，精美絕倫，很難模仿。

第三，每道菜食材只有二、三吋大小，卻裝盛在十一吋的潔白大盤子中間。而一般餐館只用八吋大小的盤子。因此，視覺上特別亮眼。

第四，食材特殊，作工細緻。有一道菜是，用鵪鶉的胸脯肉，這塊胸脯肉只有一小塊，端出來上桌的，卻連幾根肋骨都清晰可見；另一道用小牛的臉頰肉，當時，一般餐館都沒敢採用，因為費工費時難處理。

第五，每道菜都用不同的刀叉，所有餐具都由法國進口，有些只能用手洗，不能放在洗碗機洗，相當費人力；至於餐廳，不論是廚房、餐桌、地面及牆壁等每一處，都一塵不染，尤其是廚房，不鏽鋼檯面，光鑑照人。

「洗衣館」只有六十二個座位，只接受電話訂位。如果是八個人以上的團體訂位，要在一年前預訂。臨時起意上門的客人，只能吃閉門羹。對進門用餐的客人衣著也有所要求：不能穿牛仔褲、汗衫或球鞋。夾克外套還可以接受。

儘管「洗衣館」餐廳不在舊金山市區，但慕名前去的顧客非常多，生意鼎盛，訂位困難，至少須兩個月前預訂，但訂位專線永遠在忙線中。我與朋友曾連續幾個禮拜每天上午九點就撥電話（現訂位專線改為上午十點至下午五點開放），總是佔線中，好不容易接通一次，座位卻已被訂光了。二〇〇四年六月，台灣副總統呂秀蓮訪問灣區，經由駐舊金山台北經濟文化辦事處安排，曾到「法國洗衣館」用餐。我判斷，經文處不可能在一年前預訂，一定有「例外」。

朋友利用激將法，說如果我有本事訂位，她請客付餐費。在「重賞」之下，我透過一位與餐館老闆熟識的知名人士，二〇〇七年「走後門」，如願以償訂到位。不過，當時餐價更高了，我們兩人去的那一天，午餐餐單有三種，葷素都有，每一種價格相同，都是一人一百七十五元，比往年調高不少。再點半瓶紅酒，七十五元，小費餐館自動加上，百分之十九，再加上稅金，兩人當天消費額高達五百七十七美元（如喝更多的酒，消費更高）。但饕客仍然趨之若鶩，當天六十二個座位全部客滿。餐廳侍者服務慇懃周到，每一道菜詳加說明，換新的刀叉。而且，他們個個都是年輕的「帥哥」。

「法國洗衣館」自開張以來，多次榮獲James Beard Foundation頒發的「傑出餐廳」、「傑出酒類服務」、「最佳服務」及「傑出美國廚師」等獎項；《讀者文摘》雜誌也曾選出凱勒為美國「最佳廚師」！

「法國洗衣館」有加州納帕酒鄉「夢幻餐廳」的美譽。雖然由老舊農舍改建的餐館外觀很不起眼，店內空間狹窄，但服務是世界頂級的。現在更跟進科技，在餐館桌上有台iPad讓顧客選酒，顧客瀏覽世界名酒的時候，端上桌的麵包還配有特選手工奶油，及來自世界各地以銀盤裝的鹽巴，對小細節的重視，使「洗衣館」幾度榮獲「米其林」全球五十大餐廳第一名。

艋舺「剝皮寮」

因著台灣本土製作的影片《艋舺》票房叫好又叫座，片中取景的地點——台北萬華「剝皮寮」及周遭地區，就被很多市民及外來客投注以「關愛的眼神」。這個橫跨清代、日治及民國三個時代、二〇〇九年八月才完成修護工程、足以代表艋舺市歷史的老街，如今成為台北市最夯的景點，尤以青少年遊客暴增最多。

就像多年前《海角七號》影片上演，締造了新台幣五億五千萬元的票房奇蹟後，它拍攝的地點——南台灣墾丁，一下子就成為眾多影迷朝聖兼遊樂的最熱門景點；二〇一〇年上映的《艋舺》，單是台灣地區的票房收入，就高達二億五千萬台幣。緊接著，《艋舺》還要登陸香港、新加坡、澳洲等海外地區，後勁之力不可小覷。

《艋舺》影片取景的「剝皮寮」老街位於台北市萬華區，地址為康定路一七三巷。北臨老松國小，東至昆明街，南面廣州街，西接康定路，是台北市今日碩果僅存的清代街道之一。搭乘台北捷運到龍山寺站下車就可走到，香火鼎盛的龍山寺也近在咫尺。

我也算是「老台北」了，但雖然在台北就學、就業長達二十多年，頂多只到西門町看電影，卻很少涉足萬華地區（說閩南語者仍習慣稱「艋舺」）。年輕時，印象中，萬華地區好像黑道幫派多，犯罪率高，能不去自然就不去，包括當地著名的龍山寺，也從未去燒香祈福過。這次，乘著回台之便，走訪一趟「艋舺」「剝皮寮」，驚訝於台北市區居然還能保存一條已經有兩百多年歷史的老街，見證艋舺曾經有過的繁華歲月。

「一府、二鹿、三艋舺」，這句話老一輩的台灣人耳熟能詳，是用來形容清代台灣三個繁華的港口城市。「一府」指台南，以「台灣京都」文化古都著稱；「二鹿」指鹿港，迄今保有著名的古市街見證它的歷史輝煌；「三艋舺」，現在拿什麼證明它曾經有過的繁華歲月？答案在「剝皮寮」老街。

「台灣的首善之區在台北」，大概台灣一般人都知道。但，可能很多人不知道，「艋舺」曾經是台北的首善之區。歷史記載；清代中期至清末，剝皮寮街稱為福地蓁街。清代艋舺營就設在此地。剝皮寮也是艋舺通往古亭庄的要道，道光、咸豐年間，台北的開墾已經遍及大安、中崙、古亭庄、景尾（景美）。艋舺至新店及艋舺至錫口（松山）的交通順暢，故成為各地土產的集散地，古亭庄、景尾的貨物若要進入艋舺皆須經過福地蓁街。因此，剝皮寮街在清代是艋舺與其他街庄的聯絡要道，更是其他街庄要進入艋舺重要市街的必經要道。

日據時代，此地稱為北皮蓁街，並被劃定為老松國小學校用地。在日人一系列都市空間的改造計畫下，北皮蓁街道失去了清代的空間地位，但由於被劃定為學校預定地，因此街區仍保留了清代及日治時代開發的空間紋理。在目前可得的艋舺地契資料中，福地蓁街在嘉慶四年（一七九九）便有店屋買賣的紀錄，由此可以推估，剝皮寮聚落的成形當在清代早期，開發至今已有兩百多年歷史。

至於老街地名何以演變為「剝皮寮」？至今眾說紛紜。從字面解釋，認為「剝皮」之名來自於剝樹皮、剝獸皮；若從發音著眼，認為「剝皮」即是「北皮」，各家說法莫衷一是，仍待進一步的考證。不過，可以確定的是，這個名稱在台灣光復後才有的：一九五三年，蘇省行的《艋舺街名考源》中，就以「剝皮寮」稱之。之後出版的《台北市志》，以及《剝皮寮古街歷史價值調查研究》、《剝皮・變臉：剝皮寮古街再造計畫》等書，都沿用「剝皮寮街」的稱呼，再經媒體廣泛使用，「剝皮寮」一詞遂成為現在的通稱。

在兩百多年的發展歲月中，剝皮寮不但有著尋常百姓的生活點滴，也有知名文人逸士到訪的足跡。清末國學大師章太炎，曾來剝皮寮做短暫居留，在此撰寫了數十篇文章；京都帝大醫學博士呂阿昌醫師，曾在此懸壺濟世，開設懷安醫院，維護百姓健康；另外，報人林佛樹，則在剝皮寮永興亭創辦「臺灣經濟日報社」，報導台北市民生經濟等相關的新聞。

說來諷刺，政府行政效率差，有時候不全然是壞事！剝皮寮老街之所以能夠完整保存，是歷史的幸運使然，而非政府的努力維護。日據後期，剝皮寮老街已被劃為老松國小校地。台灣光復後，這一都市計畫仍未改變。因此，老街的房子不再改建，老屋舊貌得以保存；一九七〇年代，如果政府行政效率高，那時就徵收土地，發放補償金，進行拆除，改建為學校校舍。那麼，我們今日還能看到的剝皮寮老街應該已經煙消雲散，那混合著閩南式及西洋巴洛克式的獨特建築，當然更不復存在。

一九八八年，台北市政府進行剝皮寮土地徵收，直到一九九九年六月十六日，剝皮寮才進行淨空，住戶遷離。因為政府行政效率的延宕，讓萬華地區的文史工作者有機會呼籲政府保存剝皮寮老街，不應拆除老屋，改建校舍。台北市政府終於順意民意，推動剝皮寮古街歷史風貌維護計畫，展開老街保存修復工程，耗時六年整修，於二〇〇九年八月完工開放。台北市政府教育局並在老松國小旁成立「台北市鄉土教育中心」，作為剝皮寮歷史街區的管理營運單位，並不時舉辦藝文活動，供民眾及學生參觀學習。

《艋舺》影片的大賣座，及時打響了剝皮寮的知名度。在廣州街和康定路的十字路口，懸掛著《艋舺》影片中「太子幫」的大幅劇照，不少過往遊客抓起相機猛拍照。穿過馬路對街，就是剝皮寮老街的建築，有「亭仔腳」（騎樓），但不開店。遊客走累了，想歇腳飲食，走過對街，就是一家家餐飲店，台灣小吃在這裡吃得到。

「一府、二鹿、三艋舺」的艋舺，如今因著剝皮寮老街的仍然存在，可以見證它在歷史上曾經有過的璀璨年華！

金門——褪下戰地軍衣，蛻變觀光島嶼

二○○七年四月有一趟金門之旅，驚奇地發現，與四十多年前我第一次看到的金門，是截然不同的兩個世界：曾是戒備森嚴的戰地「前線」，如今蛻變為和平寧靜、有豐富人文與戰地史蹟的觀光島嶼了。

一九六四年，我還是國立政治大學學生，選修攝影課，教授安排選修攝影的學生到金門或馬祖參觀，學生依抽籤決定去處。我幸運地抽到金門，當時是坐十個多小時的火車慢車到高雄，再搭軍艦到金門。

我年輕時很有旅遊命：不暈車、不暈機，能吃能睡。那趟金門之行，還證明我也不暈船。記得那次颳七級風，大浪打到軍艦甲板上，我們搭乘的登陸艇搖晃得特別厲害，同學吃飯可以到甲板上的軍官餐廳，但睡覺可是在甲板下的大統艙裡。同學們都暈得七昏八素，嘔吐不止，起不了床。只有我甲板上下到處跑，三餐在碗筷齊飛的餐桌上照吃不誤。金門上岸後第二天，在街上碰到登陸艇的艦務官，他直取笑我說：「船上的食物都被妳吃光了。」

猶記得，那時我們在金門坐著軍車到馬山心戰中心參觀女兵對大陸「共匪」喊話，我們施放心戰汽球，參觀莒光樓，還在「毋忘在莒」勒石旁拍照留念，晚上在「擎天廳」看軍中康樂隊表演。

這次也是從台北搭乘火車（高鐵）到終站左營（只花不到兩小時），朋友從高雄來接，原本計畫次日搭機前往金門，卻訂不到機位，原來機位都被台灣的觀光客佔滿了，以前被認為是戰地「前線」的金門，現在則是一處熱門的觀光勝地了。

金門古稱浯洲，又名仙洲。明朝洪武二十年（一三八七），江夏侯周德興築城於此，以其內捍漳夏，外制台澎，深具「固若金湯，雄鎮海門」之勢，故名「金門」，從此「浯洲」被稱為「金門」，迄今六百年。

金門因擁有先天優良地理位置與海防形勢，而成為近代兵家必爭之地。一九四九年，國民黨政府退守台灣，認為保衛台澎安全，必須依賴大陸沿海島嶼防衛，金馬地區因而成為前線，發揮遏制大陸咽喉的功能，在台海戰役中直接承受戰火洗禮，擔負起台海防衛安全重任，更與整個西太平洋陣線，保有積極重要的密切關係。

一九四九年，大陸棄守時，福建省政府遷至金門，國軍在金門成立金門防衛司令部，負責指揮作戰。這一年十月，爆發了古寧頭戰役，金門正式開啟戰火。十一月，金門縣政府撤銷改為軍管區，分設金東、金西及烈嶼三個民政處；一九五〇年，改為金門行政公署，一九五三年，又恢復縣制。

一九五八年八月二十三日下午六時三十分，金門對面的廈門、大嶝、小嶝、深江、蓮河、圍頭等地，中共以三百四十門大砲向金門島群發動攻擊，在兩個小時內，落彈五萬七千五百三十三發，並開始連日砲戰，至十月六日零時五十分，震驚全球的「八二三」砲戰，在長達四十四天的砲擊中，中共砲擊金門總計射出四十七萬九千一百發砲彈，除八月二十三日最初的兩小時外，以九月十一日六時至翌日六時最為猛烈，一晝夜間計發射五萬八千七百六十發砲彈，也是中共砲火連續射擊最多的一次。當時金門的每一吋土地無不遭受砲彈的襲擊。這場戰役，國軍堅強抵抗保住了金門，但失去了吉星文等三位將領，時任國防部長的俞大維當時正在金門視察，他命大僅受了傷。

我於二〇〇七年到金門遊覽。在「八二三」砲戰紀念館內，有一小房間播放長三分鐘的砲戰紀錄片，參觀者走進房間內一特製的圓形軟地板上，啟動機器後，牆上銀幕砲火衝天，軟地板則「天搖地動」，令參觀者身歷其境，有如置身在「八二三」的砲火中。

砲戰結束後，政府基於安全考量，將金門青年學生安排到台灣各省立中學寄讀，大批烽火學子急難中負笈台灣各地，展開一段遊學歲月。「八二三」砲戰後，中共進行「單打雙不打」策略，兩岸藉由冷熱戰對峙了五十多年。

兩岸分隔時，金門湧入大量國軍部隊，初期多借住民房或宗祠寺廟。國軍在此同時也大力興建碉堡與軍事設施，進行造林與綠化工作，在地區傳統聚落中，投入空前強烈設置的軍事工程，成為戰地史蹟中的人文特色，如今成為金門的重要觀光資產。

一九五六年（民國四十五年），金門進行戰地政務實驗，設立金門戰地委員會，福建省政府遷台，金門邁入軍政一元體制。因著戰地政務的實施，金門建立戰鬥村，軍事設施地下化，金門地景產生多元變化，首先呈現在民眾眼前的是振奮人心士氣象徵的眾多建物如：莒光樓、毋忘在莒勒石、擎天廳、太武山公墓、慈湖、馬山、花崗石醫院等。

戰鬥村建立的同時，金門也進行地下坑道構築，許多村莊構成網狀的地下防衛工程，現在已成為金門觀光景點之一。而早期為振奮民心士氣，在村落牆面漆上醒目的精神標語，如「反共抗俄」等，也成為傳統聚落中的烽火語言，如今剝落的字跡更顯滄桑。

古寧頭戰役後，國軍為防範敵人進犯，在金門構築一系列的防禦工事，例如在海岸線布置軌條岩、雷區、鐵絲網、瓊麻等障礙設施；在營區附近開闢壕溝，掩體，安排綿密的防衛火網。這些軍事設施，經年累月，日曬雨淋，如今多已鏽蝕腐壞，卻見證著金門五十多年的戰鬥歲月！

一九九二年十一月，金門解除戰地政務，開放觀光，允許民眾自由出入金門，吸引廠商來金門投資興建。二〇〇一年二月，兩岸進行實驗性的小三通，由金門、廈門首航開啟序幕。地理上，金、廈兩地近在咫尺，而許多當年滯留廈門等地未能返回金門的耄耋，翹首盼望了五十多年，才得以重返故鄉參訪三天。政治因素造成無數家庭骨肉分離數十年，金門人都期望歷史不再重演！

金門解嚴後，國軍部隊也進行精簡，兵源日漸減少，各地空出許多閒置的營區、海岸碉堡、小艇坑道、防空設施、砲兵陣地、警衛崗哨等。這次在金門停留兩天，走馬看花到處逛逛，在街上只看到一共五位穿著迷彩裝的服役軍人。至於碉堡崗哨等設施，很多掩埋在雜草樹林中，有些座落在街頭的崗哨，外牆被人塗鴉或用來張貼廣告招牌。往昔放置砲彈，並有荷槍實彈軍人守衛的碉堡崗哨內，如今只堆積著垃圾、廢土，戰鬥功能不再了。

在軍管時期，基於安全考量，金門政經發展受到諸多限制，但部分傳統建築則受到某種程度的保護，這是無心插柳的結果，如今有些情況改變了。舉例說，原本保存管理很好的金門民俗文化村，在軍管解除後，准許屋主開店營業。現在，有人在這個很具特色的聚落建築開設「攤販式」的餐館，餐桌椅擺在門外，在地上洗滌青菜，宰殺魚肉，顯現髒亂，破壞景觀，為金門觀光建設的一大敗筆。

金門縣長李炷峰說，金門因位居要地而有「海疆重鎮」之姿，薈萃人文更讓金門享有「海濱鄒魯」的美譽。金門有史記載的一千六百年來，累積著無數精彩的人文史蹟，「文化金門」是當今的建縣宗旨，他期望開創金門成為新世紀裡的人文之島。

褪下戰地「前線」的身分，如今金門努力轉型發展觀光事業：傳統聚落、閩南建築、戰地史蹟，自然生態等，是金門獨特的觀光資源，吸引著兩岸觀光客前往遊覽（在金門也看到外國觀光客）：二〇〇四年台灣政府開放台商經由小三通來往金、廈之間，據悉，在金門設籍的台商人數日漸增多了，金門在台灣與廈門之間，於關鍵年代裡總是扮演著不可替代的角色！

消失中的草原——內蒙古

長久以來，一直喜歡探討不同族裔、不同文化歷史、習俗，及世界各地景觀。對於「逐水草而居」的蒙古游牧民族，更是興趣濃厚，希望有機會見識那「天蒼蒼、野茫茫、風吹草低見牛羊……」的草原風光。

二〇〇九年八月末，機會終於來了！我們應邀到內蒙古首府呼和浩特參加「草原文明與農業文明」第八屆人類學高級論壇。會後經由主辦單位安排，遊覽了內蒙元上都遺址、錫林浩特貝子廟、呼和浩特大召寺及昭君墓等古蹟名勝。

元上都遺址位於錫林浩特郭勒盟正藍旗金蓮川，是元世祖忽必烈登基之處。一二六四年，忽必烈就任蒙古大汗不久，就將開平府（建於一二五六年）升格為「上都」，實行兩都制。此後一百年間，元朝先後有六位皇帝在此登基就位。元上都當時曾與巴黎、羅馬等歐洲大都市，並列聞名於世。

據歷史記載，上都城是由忽必烈的漢族謀士劉秉忠設計建造的，除了體現漢族傳統的城市布局外，也兼顧到蒙古游牧民族的習俗，是一座富有特色的草原城市。十三世紀義大利旅行家馬可波羅曾在他的《馬可波羅遊記》中記載：「終抵一城，名曰上都，今大汗之師建也。內有大理石宮殿，甚美。其房舍皆塗金，繪種種鳥獸花木，工巧之極、技術之

内蒙古草原

精，見之足以娛人心目。」根據這段描述，可以想像當時元上都的繁華景象！

忽必烈統一中國後，將燕京（今北京）作為皇城，稱之為「大都」。「上都」的重要性逐漸下降，退居為陪都。元朝實行兩都制後，上都城仍然是元朝重要的政治、經濟、文化中心。明末戰亂中，元上都被焚毀，只留下一片廢墟。一九八八年，中國國務院將元上都遺址列為國家級重點文物保護單位。

我們參觀時，只見一大片草原的青翠牧草，比我們所看其他地方的牧草茂密。此地據說是內蒙現存不多的原生態草原。如果放牧的話，應該可以顯現「風吹草地見牛羊」的景觀。但如今在這偌大面積的草原上，見不到一隻牲畜。導遊說，因為已向聯合國教科文組織申請，將元上都列入世界文化遺產名單，為了保護遺址不被破壞，現在禁止牧民在此地放牧。

在這「遺址」上，我們見到一塊相當新的白色石碑，碑文說明元上都的「皇城」建築的大小；另在一塊石頭上寫著「大安閣」三字；再看到一些堆砌的石塊，據說是「城牆」廢墟等。雖然《馬可波羅遊記》中曾描述元上都當年繁華景象，現在僅憑這三兩塊石碑、石塊（還不是出土文物），就據以向聯合國教科文組織申請列入「世界文化遺產」，我懷疑它能夠順利通過鑑定（註：中國在一九九六年就提出申請，二〇一二年六月獲通過列入世界遺產名錄）。

錫林浩特市北部額爾敦敖包山麓南坡，有個著名的藏傳佛教聖地——貝子廟，是內蒙古四大廟宇之一。因當年主持建廟的是當地貝子巴拉吉道爾吉，且是建在貝子旗，寺廟因此而得名。

貝子廟始建於清乾隆八年（一七四三），經七代活佛六次大規模擴建而成，佔地面積一點二平方公里，建築面積二萬多平方公尺。貝子廟是該廟群總的俗稱，它由十三座宗教功能不同、但相互毗鄰的廟、殿所組成。每座廟、殿各有名稱，其中有七座大型殿堂、幾十座小殿堂和兩千多間喇嘛僧房，規模龐大，氣勢雄偉。寺廟建成後，即成為遠近牧民信仰朝拜的場所，香火鼎盛。寺內存有大量反映蒙古民族歷史文化、生活習俗的壁畫，是研究蒙古族史和藝術最珍貴的史料。

在錫林浩特市南二〇七國道三十多公里處，有一座名叫「平頂山」的獨特景觀。這裡群山相互依偎，大小排列有序。山坡懸崖陡立，山頂像被刀削過般的平整。大自然鬼斧神工，令人讚嘆！有關「平頂山」有一傳說：當年成吉思汗征戰路過此處休息時，有一匹愛馬跑進深山。為尋找愛馬，成吉思汗揮劍削向群峰，就將這座山峰攔腰斬斷；不過，根據地質實際調查結果，「平頂山」的形成是，百萬年前因火山爆發，造成今日的奇特景觀。

關於「王昭君」，我最早的了解是，一首很多人耳熟能詳的歌。而後得知，她是中國古代四大美女之一，名嬙，字昭君，漢元帝時入宮為宮女。西元前三十三年，匈奴呼韓邪單于入朝求和親，昭君自願遠嫁匈奴。這就是歷史上所說的「昭君出塞」。

來到內蒙古，知道「昭君墓」就在呼和浩特市南九公里的大黑河畔處，當然不能錯過。昭君墓為人工夯築的封土堆，高三十三公尺，矗立在一片平疇中，顯得巍峨雄偉。遠望陵墓呈青黛色。當地傳說，每年「涼秋九月，塞外草衰」時，只有昭君墓草色依然青翠，因而有「青冢」、「青冢擁黛」之稱，是呼和浩特八景之一。

昭君墓佔地一點三公頃。墓前有平台與階梯相連；陵墓的形制，和漢朝時代王陵相似。昭君墓周遭景色宜人，加上晨曦或晚霞的映照，使得墓地景色時時刻刻發生變化。有民間傳說，昭君墓一日三變：「晨如峰，午如鐘，酉如縱」，為這一塞外古代自願和番的美女的孤墳，增添了不少神祕色彩。

我們此行也參觀了座落在呼和浩特市玉泉區的「大召寺」（漢名「無量寺」）。它始建於明萬曆七年（一五七九）。大召，明代稱為「強慈寺」；清朝崇德五年（一六四〇）

重修後，定名為「無量寺」，沿用至今。它是呼和浩特建造的第一座喇嘛寺廟，數百年來，一直是內蒙古地區藏傳佛教的活動中心，也是中國北方最有名的佛剎之一，現為中國國家級重點文物保護單位。

清代時，呼和浩特有「召城」之譽。當時召廟眾多，民間有「七大召、八大召、七十二個綿綿召」之說。大召居於明、清著名的七大召之首。大召寺的藏品極為豐富，堪稱大召「三絕」的銀佛、龍雕、壁畫，和佛殿內的各種彩塑、金銅造像、巨幅唐卡、一百零八部甘珠爾經卷，以及宗教活動用的各種法器、面具等，都是彌足珍貴的歷史文物和藝術珍品。

受限於行程安排，我們此行只到呼和浩特及錫林浩特兩個城市，參觀景點時，走的路線也只限於大青山南、北道，不能一窺草原全貌。沿途中，我們體會到了「天蒼蒼，野茫茫」的自然景觀，但並沒有看到所謂的「風吹草低見牛羊」塞外景色。草原上，偶而見到些許羊群、牛隻，但見牧民騎在「摩托車」上趕牲畜，，非常「現代化」；我們所經城鎮之處，看到高樓大廈突兀地聳立在草原上，很刺眼且與周遭景觀極不協調；此外，沿途盡見草原上磚房與據說有四千年歷史的「蒙古包」並立，完全不是我們想像中的游牧民族逐水草而居的生活方式。

「草原是中國陸上最大的生態系統。然而，經歷氣候條件惡化與人類過度的開墾，造成草原沙漠化問題日益嚴重，不僅破壞環境，更危害人類的經濟、健康和生活品質。」參加第八屆人類學高級論壇的多位學者，異口同聲說出同樣的憂慮。自一九八三年起，中國政府在內蒙實施「草原劃分」，即根據每家人口勞動力、畜牧數量，劃分草原給予牧民自行經營管理。我聽一位黨書記說，這個政策實施至今，到底是好是壞，很多人提出質疑，但迄今沒有定論。不過，由於「草原劃分」，牧民不再需要「逐水草而居」，磚蓋的房屋因應而起，傳統的「蒙古包」反而看來像是點綴，也許它實用的功能還比不上磚蓋的房子。

面對草原沙漠化日趨嚴重問題，內蒙古大學民族學與社會學院院長道爾吉教授不諱言他的憂心。他認為，因為漢人大批的湧入，農業及工業文明逐漸取代了草原文明。他說：「現在連蒙古馬都沒有以前強壯了，因為牠們被養在牧場內，不能像以往一般馳騁在一望無際的草原上！」

之前，我們看到呼和浩特城市建築，就像大陸經濟發展以後許多城市爭建高樓大廈一樣，毫無特色可言。我們無緣目睹內蒙草原今昔的變化，但專家學者已經點明草原沙漠化問題的嚴重性，指出如再不設法拯救，不久的將來，也許內蒙將名副其實成為「消失中的草原」！

武當山傳奇

自從多年前開始學練太極拳，及聽聞流傳千百年有關武當山的種種傳奇後，就期待有朝一日能親自登山，觀攬勝景，印證傳奇。

機緣終於來到。二〇一二年十月中旬，海外華文女作家協會第十二屆年會在湖北武漢舉行，會後安排兩條旅遊路線：長江三峽及武當山。我們有二十位文友選擇武當山之行。

武當山位於湖北西北部十堰市丹江口市境內，為大巴山脈的分支，起自湖北、陝西兩省邊界，止於襄樊市南，隔漢江和大洪山遙對。從武漢開車到武當山下，順利的話，需五個半小時。我們一行於二〇一二年十月十五日在武漢東湖會議中心結束年會後，下午乘坐遊覽車直奔武當山，晚間八、九點多抵達山下，先在一家以農家野菜為招牌菜的餐館晚餐。餐館外觀建築及內部設備看來十分簡陋，我們對它的菜餚並不寄予厚望。出乎意料地，幾道我們都不認識的野菜（即使店家解釋半天），都非常入味可口。當晚，入住山下旅館時已近午夜。

次晨在旅館餐廳內享用自助早餐時，看到陸陸續續有「道士」裝扮的男女老少，也進來排隊取菜用餐。這是我生平第一次在同一個場合內，見到這麼多的「道士」。當時腦袋閃過的第一個念頭是：莫非有電影公司在此拍武俠電影？不是說：中國武術兩大流派「北崇少林，南尊武當」嗎？還聽說，奧斯卡金像獎名導演李安執導的武俠片《臥虎藏龍》（榮獲二〇〇一年奧斯卡最佳外語片），部分外景取自武當山南岩景區！

在旅館大廳內，謎題答案揭曉：有一個報到台，背面牆一紅布條上有「第四屆玄門講經暨武當論道」的字樣，有服務員坐鎮處理來自各省、將參與「論道」道士的報到事項。原來，我們在旅館餐廳所見到的，都是如假包換的道士！道教武術也分不同門派，行家可從他們穿戴不同的帽子分辨之。「武當派」是道教武術當中最大的流派之一。

武當山古名太和山，山勢奇特，雄偉壯闊，有七十二峰、三十六巖、二十四澗、十一洞、十石九台等，構成「七十二峰朝大頂，二十四澗水長流」的絕美景觀。主峰天柱峰，海拔一千六百一十二公尺。

據歷史記載，春秋戰國至漢朝末期，武當山已有宗教活動，魏晉南北朝時期開始發展。唐貞觀元年（六二七），唐太宗敕建五龍寺。到唐末，武當山被列為道教七十二福地之一。宋元時，皇室封武當山「真武神」。到了明代，封武當山為「太岳」、「治世玄岳」，被尊為「皇帝家廟」，成為道教第一名山，是中國道教最大的一處道場。

武當山上眾多道教古建築始建於唐，宋、元兩代繼續擴展。明代是武當山建築鼎盛時期。明永樂年間，「北修故宮，南建武當」。明成祖大修武當山，耗費龐大人物力，歷時十四年，完成九宮、八觀等三十三座建築群。嘉慶年間又增修擴建。整個建築系列按照「真武修仙」的道教故事佈局，充分體現了道教「天人合一」的思想。山間道觀總數曾達二萬多間，是北京故宮九千九百九十九點五間的兩倍多。如果一個人從出生起，每天住一間，可以住到花甲之年。但，武當山部分珍貴宮殿已被丹江口水庫淹沒，現存古建築有五十三處、建築遺址九處及文物七千四百多件。一九九四年，武當山建築群列入聯合國教科文組織世界遺產名錄。

目前武當山已開放景區總面積三百一十二平方公里，包括：金頂、南岩、太子坡、玄岳門、瓊台及五龍宮等。我們僅有一天時間遊覽，只得選擇重點景區走馬看花。上午先到建築群中規模較大的「太子坡」參觀，相傳「真武太子」經「姥姆磨針」超度後，復回再次修練，所以又名「復真觀」。其中，「一里四道門」、「十里桂花香」、「九曲黃河橋」，及「一柱十二樑」是太子坡的四大特色景觀。

我們接著乘十分鐘的索道（纜車），到建於明永樂十四年（一四一六）、有近六百年歷史、位於天柱峰的「太和宮」。它的建築整體布局，根據明朝皇家建築形式，充分利用天柱峰高入雲漢的氣勢，彰顯神權至高無上的思想，達到「美如天宮」的意境，是武當山最精華所在！

太和宮的主體建築「金殿」座落於天柱山峰頂，約一百六十平方公尺石築平台當中，為銅鑄鎏金仿木結構宮殿式建築。殿內神像、供器、几案等均為銅鑄鎏金。整個金殿設計巧妙、工藝精湛，印證了明代銅鑄藝術的最高境界。

金殿供奉傳說中的中國北方之神「玄武」，其形象為龜蛇相戰；從空中俯視，武當天柱峰的造型恰似一隻巨大的龜，而修築的城牆和金殿等建築，恰似靈蛇繞戰神龜，形成一幅絕妙的「龜蛇圖」。問題是，這大自然的鬼斧神工，古人無法到空中觀測，又如何知曉興建金殿等建築來配合它呢？

武當山數百年來的種種傳奇，幾乎都與金殿有關。天柱峰頂氣候變化無窮，金殿不時會出現如：陸海奔潮、海馬吐霧、平地驚雷及雷火煉殿等奇觀。其中，雷火煉殿最令人驚心動魄！古時金殿並無避雷設施，數百年來，歷經無數次的電劈雷擊，金殿始終毫髮未損。而它左右的籤房、印房等磚造建築，多次被雷火擊中損毀，一再修建。八〇年代，金殿旁的一棵千年老松，還因雷火擊中喪生！

要上金殿，得用雙腿攀爬非常陡峭的石階，才能抵達。我們一行部分人考量自己的腳力後，決定不上金殿，就在纜車站外找個茶館休息喝茶，等待上金殿文友下來後會合。「年齡不是問題」，這句話用在登山也行得通。我們當中第一位爬上金殿的是，年逾七十的陳若曦。我緊跟在後，排名第二。可若曦姐上到金殿，還氣定神閒，忙著東張西望；我可是氣喘吁吁，半天才恢復正常呼吸。

據說，在金殿外，可以「看長江南繞、漢水北迴，感受（七十二峰朝大頂、二十四澗水長流）的武當勝景。我沒注意到這個，倒是訝異：六百年前的武當山修練者，沒有現代工具，如何把這座銅製重達上千公噸的鎏金建築，「扛」上海拔一千六百多公尺、石階陡峭如長城八達嶺的天柱峰頂？另外，據地陪說，金殿內的蠟燭，幾百年來，不曾熄滅過，即使殿門敞開，外面狂風暴雨，殿內蠟燭火舌也紋風不動。我們參觀的當天，金頂山上有點風，聽地陪之言後，我伸頭望見金殿內的蠟燭火舌，還是輕微搖晃著！

左：天下太極出武當。這是有六百多年歷史的武當山太極拳壁畫
右：作者在天柱峰頂的「武當之巔」石碑旁留影

當天午餐後，我們參觀南岩景區的紫霄宮。這座採皇家建築形式的紫霄宮，位於展旗峰下，是武當山現存最完整的宮殿建築之一。目前，它是中國重點宗教活動場所和重點文化保護單位、武當山道教協會的所在地，也是道教尋根探源的必訪之處。

終於在紫霄宮的一幢建築內，看到相對的兩面牆上，各有一幅壁畫：一幅內容是，幾位道士正在比畫太極拳；另一幅為「八仙過海」，呂洞賓、鐵拐李、何仙姑等八仙人物造型，栩栩如生。雖歷經幾百年時光流轉，兩幅壁畫圖案、色澤等，至今狀況還相當良好。

創設十三式太極拳的張三丰，本名通，字君寶，元末儒者、道士。善書畫，工詩詞。自稱張天師後裔，為武當派開山祖師，明世宗贈封他為「清虛元妙真君」。傳說中，他一生事跡，充滿傳奇，有如神龍見尾不見首，最後卒於何時，已無法考證。

在紫霄宮景區廣場，我們看到：有道士一對一教導練劍，也有道士示範教太極拳，廣場遊客絡繹不絕。乍看之下，一幅市井人物日常生活圖，很符合道教強調的「天人合一」理念。此行並發現，武當山不像中國其他熱門景點，總是人擠人，遊客摩肩接踵；在武當，遊客多少可以悠閒地逛逛拍照；武當也不像少林寺「企業化」經營，想買有關武當山的書籍及道教的音樂等，居然找不到販售紀念品的單位。

值得一提的是：與山中其他道場不同，紫霄宮是以女道長居多的道教宮觀。因為不能參觀她們的住所，無法了解她們的修練情形！

本來排定還要遊覽「掛在懸崖上的故宮、飄在空中的香爐」南岩宮，卻因時間已晚，只能在景區內遠眺。南岩宮面對金頂，據說是真武修真得道之地。修建於元代的天乙真慶宮石殿嵌在峭壁之間，宮內有石門、石屋、石樑枋、太子臥龍床等，在武當山三十六巖中最為著名。

從大自然的鬼斧神工，到人為的鉅大宗教建築群，武當山處處是傳奇！還有諸多令人無法置信的傳說。但，不論是傳奇，還是傳說，武當山絕對值得造訪！

五台山——中國四大佛教名山之首

山西五台山、浙江菩陀山、四川峨嵋山及安徽九華山，並稱中國佛教四大名山。其中，又以五台山地位最為崇高，被定位為四大名山之首。因此，遊覽五台山，參拜千年古剎，是很多佛教信徒畢生必須前往朝聖聖地之一。我們這一團包括基督徒在內十人，二〇一三年興致勃勃地登上五台山，走馬看花觀賞這個差不多歷經二十個世紀修建、歷代十多位帝王曾作為皇家道場的寺廟建築群。

首席菩薩的演法之地，歷代帝王的皇家道場

擁有「中國四大佛教名山之首」美譽的五台山，位於山西省東北部、太行山北端，因有東西南北中五個峰而得名，總面積三百六十七平方公里，歷代引來無數佛教高僧在此開壇講經，並有十多位帝王在此開闢皇家道場，建立了中國規模最大的寺廟建築群。現在，每年吸引成千上萬的信徒前來朝拜，也是大陸最熱門的觀光景點之一。

據歷史記載，五台山被定為中國四大佛教名山之首，已有一千三百年的歷史。唐代武則天當政時，因為自己有過出家為尼的經歷，對佛教有著特殊的感情，她多方考證，正式

確定五台山為文殊菩薩的道場；此外，唐代宗李豫則是一手興道教，一手扶佛教，公開下詔智慧文殊菩薩為首席菩薩。在這種情況下，五台山的地位就順理成章成為中國四大佛教名山之首了。

其實，五台山的佛教文化可以追溯到一千九百年前東漢初年。現存的顯通寺是在東漢永平年間在原來的寺廟基礎上擴建的，與洛陽的白馬寺，為同時期的建築。五台山最盛時期寺廟多達三百六十多座，是中國最大的寺廟建築群，至今保存良好的有一百九十二座。這些建築歷經漢、魏、晉、唐、元、明、清、民國及新中國，橫跨近二十個世紀的修葺，造就了佛教文化成為中華文化的一部分，可以說，佛教文化已經深深地滲入中華民族的肌理內。

青黃兩教共一山，和尚喇嘛同誦經

西元四、五世紀，偏居大同一帶的鮮卑族拓拔氏想要問鼎中原，征服民心，認為最有效的手段就是大興佛教，於是有了雲岡石窟的開鑿，及五台山寺廟的擴建，例如：佛光寺、清涼寺等，是在北魏孝文帝（四七一—四九九）時期建造的；唐代宗李豫興建了金閣寺；宋太宗趙光義時期修建太平興國寺等十多座寺廟；到了元、明兩代，五台山佑國寺、殊像寺、圓照寺及廣宗寺等十多座寺廟，成為皇家道場。

清朝康熙帝五上五台山，乾隆六次朝山，恐怕也不是單純為了聽經拜菩薩，或欣賞山川風景而已。他們為了收攬蒙藏族民心，將「興黃教（喇嘛教）而安邊」定為國策，以菩薩頂為首，統管十座黃廟，又撥出羅喉寺十方堂供喇嘛居住，形成了「青黃兩教共一山，和尚喇嘛同誦經」的景象，這是中國其他佛教勝地絕無僅有的，五台山在佛教中的地位，由此可見一斑。

菩薩頂

目前五台山開放參觀的寺廟有四十多座，遊客在短時間內只能選擇性的參觀，其中菩薩頂、顯通寺、殊像寺及佛光寺等，是觀光客絕對不會錯過的。

五台山相傳是文殊菩薩的道場，菩薩頂據說是文殊的住處，位於顯通寺北側靈鷲峰上，也稱「文殊寺」。創建於北魏，經歷代重修。蒙藏教徒進駐五台山後，大喇嘛居菩薩頂，菩薩頂遂成為喇嘛廟之首，也有「五台山小布達拉宮」之稱。清康熙、乾隆兩帝幾次朝拜五台山，夜宿菩薩頂，書匾題銘，撰寫碑文，後來又興工重建，更使得菩薩頂聲名大噪。現在看到的菩薩頂建築形式、手法及雕刻藝術，便是參照皇宮建築形式改建的。

菩薩頂寺居山頭，地勢較高，門前有一百零八級石階。遊客若由前門上菩薩頂，就必須爬石階，對於體力不佳，或不諳爬山的人，可以選擇走「後門」進入。寺內兩樣值得一看的珍寶是：「明代大銅鍋」與「穿水簷大殿」（文殊殿）。前者為直徑二公尺、深一點零六公尺的大鍋；後者是在屋簷裡，安裝類似古代計時的滴漏裝置，目的用來控制雨水水量，保護屋簷的建築設計。在當時就有這樣科學的設計，不能不佩服前人的智慧。

顯通寺

座落在五台山台懷鎮北側。據史書《清涼山志》記載，大顯通寺始建於東漢永平年間，初名「大孚靈鷲寺」；北魏孝文帝時擴建，因寺側有一大花園，賜名「花園寺」；唐代武則天時期曾改稱「大華嚴寺」；明太祖重修，賜額「大顯通寺」；清朝又重修，形成今日的規模。

五台山眾多寺廟中，顯通寺規模最大，歷史最悠久，俗稱「祖寺」，朝山禮佛者，必先拜謁顯通寺。我們雖是觀光客，也是看了菩薩頂後，在有限的行程裡，優先安排參觀顯通寺。顯通寺面積八萬平方米，各種建築四百多間，中軸線殿宇七座，無一相同。兩廂配殿嚴整齊備，禪院建築至今完好無損，其中銅殿三間，鑄造精巧，柱額花紋等，全以銅鑄嵌勒而成。門前的鐘樓，雄偉壯觀，內懸萬斤銅鐘，擊聲可達全山。磚構的無量殿，整棟建築無樑無柱，構造奇特，規模宏偉，內供奉無量佛上部藻井，華嚴經字塔及各種供器，都是極有價值的歷史文物。

殊像寺

殊像寺為五台山五大禪處之一，因供奉文殊菩薩而得名，相傳寺廟始建於唐朝，元代延祐年間（一三一四——一三二〇）重建，明成化二十三年（一四八七）再建。大殿內壁有一組高六點五米、長四十八米的「五百羅漢渡江」懸塑像。這些塑像完成於明代，內容有關佛經裡五百羅漢奔赴文殊菩薩故鄉舍衛國，朝拜文殊菩薩的故事。寺中現存有康熙及乾隆兩帝的御碑各一。殊像寺也是中國十大青廟之一。

據考證，中國自古以來只發現三座帝王無字碑：一是在泰山的秦始皇無字碑，二是陝西乾嶺武則天無字碑，另外，就是殊像寺康熙的無字碑。

佛光寺

建於北魏孝文帝時期的佛光寺，最令人津津樂道的莫過於「東大殿」，它是中國現存最古老的木造建築。大殿大唐風格的木建築、唐宋時期的壁畫、唐至明朝時期的泥塑，以及唐代墨寶，並稱為佛光寺「四絕」，至今依然保存良好，都是極為珍貴的絕美工藝，現在不時有學校建築、藝術系的學生前來觀摩。

五台山山巒綿延起伏，五峰平均海拔三千米左右，其中北台頂最高，海拔三千零五十八米，有「華北屋脊」之稱。遊覽五台山，如從山下徒步登山上台頂，要有相當的體力。不過，它現在建有類似香港跨海的纜車道，遊客可乘纜車直接上山，省卻爬山之苦，但纜車夏天才開放。

我們這一團二〇一三年四月十三日先到山西太原，住宿一夜後，第二天清晨搭乘巴士開車約四、五小時到達五台山下，不巧天候不佳，當天沿途雨勢時大時小。導遊說，目前纜車還沒開放，恐怕得爬一千多個石階才能抵達菩薩頂。我們團員都是年逾半百的「資深」公民，光聽一千多個石階就已經嚇得腿軟，更遑論實際操兵演練了。當天過午抵達山下入山售票處，卻赫然發現有纜車可坐上山。原來，纜車是在我們到達前一天才開放的，大概「菩薩保佑」，體諒我們千里迢迢從國外前來上山朝拜，讓纜車不尋常地提前開放了，我們遂達成了上菩薩頂，參觀顯通寺等寺廟的宿願。

第二天的五台山更令人驚豔。前一夜我們住宿在山下的旅館，半夜開始雪花飄飄，次日上午再參觀殊像寺及普化寺，沿途及山上，一片銀色世界，凸顯寺廟的潔淨與莊嚴，看來又是另一番景象，卻更令人回味。但「有得就有失」，有人擔心下雪天下山路滑安全問題，全團因此縮短行程，匆忙下山。山西旅遊單位描述的五台山：「百米不同景，十里不同天」，奇石、怪洞、流泉遍布其間的大自然優美景象，我們卻未能觀賞到，使得此行不免「猶有未盡」之感。但是何年何月再登五台山？總要再看機緣了！

「平遙」古城，舊貌尚存

「平遙古城是中國漢民族城市在明清時期的傑出範例。平遙古城保存了其所有的特徵，而且在中國歷史的發展中為人們展示了一幅非同尋常的文化、社會、經濟及宗教發展的完整畫卷。」

——聯合國教科文組織發展委員會

一向喜愛中外歷史文化名城，光看「平遙古城」四個字，就令人遐思無限，「心嚮往之」；但同時又擔心，中國近年來經濟發展突飛猛進，大城市建設現代化，許多文化名城寧捨文物古蹟而就經濟開發。有心人士已經發現，目前中國一百零七座被列入「國家歷史文化名城」保護名單中的城市，由於地方官員的無知短視，或財力限制等種種因素，正有意或無意地任許多文物毀滅而消失。

懷著忐忑不安的心情前往平遙，就怕面對的是一個已經「現代化」了的古城！實際參觀後，感謝老天，還有當地政府官員，在不可避免發展經濟的同時，似乎已盡力保持古城風貌，並以此凸顯它的特色，吸引中外遊客絡驛不絕前往遊覽，與中國其他眾多所謂的「古城」比較，平遙算是最令人回味無窮、懷念不已的地方。

平遙古城與陝西西安城、湖北荊州城及遼寧興城古城，並列為中國保存最完好的四座古城。雖然根據史書記載，平遙不若上述另外三座古城風光：西安，古稱長安，是多朝古都，其歷史地位無庸置疑；荊州，是魏蜀吳三國時期的名城，多少風流遺跡遺留於此；興城，位居東北要塞，是明、清改朝換代時的古戰場，曾叱吒一時，不可一世。但如從興建時間上比較，平遙興建比興城古城足足早了一甲子；論建築技術，平遙城內牆以夯土做底，外牆用青磚修砌的技術，比西安城全夯土的建築，來得進步成熟；比繁榮程度，明清時代的平遙，是全國的「金融重鎮」，荊州城更是望塵莫及了。

平遙位於山西省中部，距省會太原一百公里，是一座具有二千七百多年歷史的文化古城。平遙城牆始建於北魏時期，現存的城牆則是明太祖洪武三年（一三七〇）所重建，平面略呈方形，周長六點二公里。整座城牆由牆身、馬面、擋馬牆、垛口、城門及甕城構成。牆身平均高十米，牆頂寬二點五至六米，底寬八至十二米。城門六道、南北各一、東西各二，城門都建有重門甕城。城牆頂部的附屬建築物包括：敵樓、角樓、奎星樓、文昌樓、點將台。六座甕城內都有廟宇。城內有馬道，城外有護城河。建造城牆的目的是為禦來自北方的蒙古兵侵犯。

參加旅行團遊覽平遙，導遊最先帶領看的第一個景點，一定是登上城牆，讓遊客先感受一下俯瞰整座城池的雄偉英姿。整座城牆有三千個垛口、七十二個敵樓，傳說，這寓意著孔子的三千個弟子和七十二位賢人，是用來惕勵守城官兵勿忘「習文修武」的古訓。如要徒步走完城牆棧道，至少要花兩個小時。一般旅遊時間有限，遊客可以坐上三輪車欣賞

平遙古城

古城的銅牆鐵壁，還可順便遊覽城內四大街、八小街、七十二蚰蜒巷的街景。

平遙古城是中國迄今保存最完整的明清縣城，一九九七年十二月三日，獲聯合國教科文組織通過列入世界遺產名錄，是山西省第一座世界遺產。在目前中國很多古城因發展經濟而進行所謂的「舊城改造」，造成大量文物古蹟消失的瘋狂行動中，平遙縣城的城牆、街道、民居、店鋪等建築，基本上保持著原有的古城格局，讓遊客可以想像明清時代此地居民生活的情形，尤其彌足珍貴，總算覺得「不虛此行」，而且也慶幸在古城可能變調前（誰說不可能？），我們有幸親炙她的古樸、原始的芳容。

平遙城的街道，嚴謹方正，每每對稱，所謂：「東城隍、西縣衙」；「南觀音、北關帝」；「左文廟、右武廟」；「東道觀、西佛寺」。只要把握住「南大街、西大街、北大街和東大街」四條主要幹道，即使再沒有方向感的遊客如我者，也不會迷路，儘管放鬆心情四處漫遊。

明清街

南大街一般稱為「明清街」，是平遙最熱鬧的街道。喜歡骨董嗎？各種古玩鋪、紀念品店，就在這條街上，但不知古玩是否仿古貨（有笑話說：如今大陸什麼都是假的，只有假的才是真的）？就看遊客自己的眼力與識貨功力，說不定能在這裡挖到寶；至於西大街也是不能錯過的景點，遠在明清時期就聚集了二十多家票號，數十家商號，有俗語說：

「進了平遙城，金子銀子絆倒人。」這說明了平遙城當時經濟富裕的情況；「票號」，就是現今中國的銀行的前身，一八二三年創立的第一家票號「日昇昌」，就座落在西大街上，一九九五年改成「中國票號博物館」。館內將清代票號的形成、發展經過與原始的票號模樣，一一呈現在遊客面前。

平遙縣衙

除了古城牆牆、明清街外，位於南大街西側，佔地面積兩萬六千多平方米的平遙縣衙，從山門、儀門、牌坊、大堂、二堂、內宅、迎賓館、六部房、牢獄等六進院落，共有二百多個房間，是中國唯一保存最完整的古縣衙。這座縣衙始建於北魏，我們現在看到的是元、明、清各朝代的建築遺存，縣衙布局保存了明、清兩代的規制。

在內宅後面的大仙樓，是縣衙最早的建築，建於元至正六年（一三四六）。大仙樓供奉著守印大仙，即狐仙。傳說狐狸修行成仙，精於仙術，常以惡作劇為樂，讓縣太爺頭痛不已。歷代縣太爺為求仕途平安，就供奉狐仙為「守印大仙」，狐仙受此奉承，也樂得幫縣太爺的忙，兩造相安無事，和平共存。

雙林寺

到了平遙古城，可千萬別錯過在古城西南六公里、有一千多年歷史的雙林寺，它是古城名氣最大、也是最迷人的景點。從一九七九年正式開放迄今，任何時候都遊人如織。它的輝煌，不是因為「香火鼎盛」，而是因寺院保存有二千多尊彩塑。雙林寺因而享有「東方彩塑藝術寶庫」之美譽。

雙林寺原名中都寺，因為春秋時期在這裡設有「中都」邑而得名。約在宋代，取佛祖釋迦牟尼「雙林入滅」之說，而更名「雙林寺」。它佔地總面積一萬二千平方米，整座寺院分廟區和禪院兩部分：廟區建築坐北朝南，前後三進院落，由天王殿、釋迦殿、羅漢殿、武聖殿、土地殿、地藏殿、大雄寶殿、千佛殿、菩薩殿、娘娘殿、貞義祠等十一座殿宇組成；禪院則由經堂和僧房組成。

羅漢殿內的彩塑是全寺的精華部分，主題是「十八羅漢朝觀音」。在觀音的兩側，等人大小的羅漢分為兩組，每一尊塑像都性格鮮明，神采奕奕，組成一組古代傑出的肖像群雕。單看雙林寺的彩塑，就能令旅客眼花撩亂，目不暇給。

喬家大院

看過《大紅燈籠高高掛》電影的人，對於喬家大院的建築景觀應當不會陌生。不錯，這部電影就是在這裡拍攝的。我們這次前來平遙前，舊金山的華語電視台剛好播連續劇《喬家大院》，描述大院主人晉商喬致庸一生經商奮鬥的故事。實際參觀喬家大院，頗有親切、熟悉的感覺。

民間傳說：「皇家看故宮，民宅數喬家。」這說明喬家在宅院的建築藝術上，有不可取代的地位。大院興建於乾隆年間，並在同治、光緒年間及一九二二年兩次擴建，佔地面積八千七百二十四點八平方米，共有六個大院，約二十座小院，三百一十三個房間。院落排列是依著「囍」字來佈局，參觀者可以順著東西向，長達八十公尺、寬七公尺的走道前進，便能貫穿六個大院，走馬看花大致了解一下這平遙明清四大鉅富之一的家居生活。

大院裡展示著價值連城的傳家寶，如：犀牛望月鏡、九龍燈、萬人球及九龍屏風等。其中，又以犀牛望月鏡最為珍貴，有一百多年的歷史，用上等的鐵梨木雕琢而成，配上晶瑩明亮的鏡面，整體古樸大方。據說，曾有收藏家出價三千萬美金企圖收購，可見它價值非凡。

古語說：「修身、齊家、治國、平天下。」喬家能夠開啟三百多年的一代商賈地位，除了能及時掌握商機，擴大經營版圖外，主人能夠「修身、齊家」也是重要的因素之一。

喬家有六大家規：「不准納妾」、「不准虐僕」、「不准嫖妓」、「不准吸毒」、「不准賭博」及「不准酗酒」。此外，喬家不聘用未婚且年輕貌美的女子當丫鬟，所有的女性家僕一律是已婚的老媽子。家運最盛時，共有二百四十多位僕人，平均每位喬家主人，有四位供使喚的僕役。

平遙值得參觀的文物古蹟不止上述這些，其他如龍槐古剎鎮國寺、千年道場清虛觀、鏢局及民清四合宅院民居等古城歷史文化，都值得過客放慢腳步，仔細觀賞回味。遊覽平遙古城，最好有兩整天的時間，才能大致盡興，而不至於留下「擦身而過」的遺憾！

雲南和順——中國第一魅力名鎮

提起雲南旅遊，多數人會立即聯想到大理、麗江、瀘沽湖等熱門觀光景點。二〇〇九年四月份，我們這批來自全球五湖四海的華文作家近四十人，所組成的「雲南民族文化大觀園采風團」，走訪了二次大戰時中國對外陸路交通的唯一命脈「滇緬公路」沿線的邊境城鎮，包括：保山、施甸、芒市、騰衝、梁河、瑞麗、畹町、楚雄等地。

行前，我們知道，將參訪的是滇緬公路六十多年前抗日戰爭留下的遺跡。想像中，與緬甸相鄰的邊境城鎮可能還十分「原始」，就算數十年來有些進步，想必也無法跟中國大陸的其他大城市相與比擬。

事實不然，完全超乎我們的想像。

先從「和順圖書館」說起吧！當我們看到行程表中，有一項是參觀「中國鄉村第一個圖書館」時，有人就嘀咕：「〔美國國會圖書館〕都看過了，一個鄉村圖書館有什麼好看的？難道沒有更值得參觀的地方？」

幸虧我們有此機緣參觀了這「中國鄉村第一個圖書館」——和順圖書館！因為它，我們才多多少少了解了它的所在地——號稱「中國第一魅力名鎮」的和順。二〇〇五年，北京中央電視台舉辦「中國魅力十大名鎮」選拔時，名不見經傳的和順，出人意表地擊敗了在國內外早已享有盛名的大陸其他各地名鎮對手，勇奪榜首。

和順鄉有六百多年歷史，離明朝旅行家徐霞客所稱的中國「極邊第一城」——騰衝不遠。因位於滇藏茶馬古道沿線上，四百年前，和順的男子，無論貧富，都會跟隨著馬蹄嘀嗒，踏上挑戰生命極限的未知旅途，離鄉背井，出外打拼。陪同我們這次旅遊的一位昆明人說；，長久以來這裡就有個傳說：「有女莫嫁和順郎，嫁去和順守空房！」而現在，百年前遊走古道的男人們的和順後代走得更遠，足跡遍布歐、西亞等地，和順也因此成為著名的僑鄉。在中央電視台舉辦「中國魅力名鎮」選拔時，負責上台介紹和順的代表就說：「和順開放得太早了，四百年前鄉民就出國到緬甸、印度、歐美及澳洲等地，攢錢寄回家鄉。」

因為身處特殊地理位置，借助絲綢古道和世界各國進行貿易和文化交流，和順成為中國最早的僑鄉之一，並造就了它特有的性格：包容、謙和，和和順順。全鄉古樸的、現代的、徽派的、江南水鄉，以及歐式建築，融合並存，看起來一點也不顯突兀，還和諧得一榻糊塗。最難能可貴的是，這些建築保持完整，依然是現在和順人的居家住宅，不像中國大陸許多古城，因為發展經濟而不惜毀掉無數古蹟，失去了它們原先擁有的特色。和順不然，它迄今原汁原味地保存了它獨特的文化資產，處處讓往來過客於親近時，驚訝之餘，不禁想擁抱它、保護它！

和順是農民之鄉、商人之鄉、也是人文之鄉，集中原南詔文化、異域文化與民族文化之大成，因此文化底蘊豐實而深厚。和順人引以自豪的是：家家都有文房四寶；農民早上去放牧，將牛羊隨便丟在一處草地上吃草，就自個兒上圖書館看書報、飲茶去了；隨便一家餐廳的菜單，每個字都像是書法，曾被外來的遊客拿去收藏。連張貼在牆上提倡節育的宣傳單，也因書法太美而被撕走收藏；上一世紀三〇年代，和順就有了音樂社及話劇社，也有足球、籃球隊；四〇年代，和順就演出了名劇作家曹禺的《日出》，也出現有高爾夫球桿；和順圖書館那扇厚重的鐵門，當年萬里迢迢、經水路、陸路，用肩扛馬馱等各種能用方式、遠從英國運到了和順，更凸顯早期和順鄉民對興建造圖書館的慎重與深切期許！

和順之所以成為僑鄉，是有緣由的。和順《陽溫暾小引》——一部早年雲南山裡人的「出國必讀」，小引中說：「吾騰衝，田地少，而且薄弱……不得已，為家貧，不得不走。」在這裡還有句俗語：「過了霜降，各找方向。」意思是，收完農地裡的莊稼後，男人就該出門，另外找活兒幹賺錢，而最直接、最能賺到錢的辦法就是「窮走夷方，急走場」。「夷方」，舊時指的是國外，對騰衝而言，最近的國外就是緬甸、泰國、印度；「場」則是指緬甸北部的猛拱、帕敢、抹谷一帶的玉石、寶石礦山。

儘管「走夷方」有蠻荒瘴雨、毒蟲瘟疫、兵匪擄人，但早期騰衝人對「走」，總是充滿了期待與夢想！就像一百五十多年前，廣東人飄洋過海，前來美洲新大陸金山尋找財富與夢想一樣！

和順民間有個傳說甚廣的「走夷方」的故事：有位姓尹的窮小子，十三、四歲時，空著雙手去緬甸。多年打拼後，他帶著錢財衣錦還鄉。這故事影響了騰衝人，要成功發財，只有「走夷方」一途，所以幾百年來，和順男子走出國外奮鬥，僑匯鄉梓，卻讓女人留守故鄉，獨守空閨。我們在和順街道上，就看到有表揚貞節婦女的牌坊。

在和順，我們還看到一個亭子：一個略顯斑駁的建築，有著青瓦頂，亭子蓋在靠岸的水邊。這亭子叫「洗衣亭」，一條乾淨、光滑的石板路鋪到亭子跟前，婦女們就蹲在亭子內用力搗衣。據說，在一九三〇年代建造的洗衣亭，是「走夷方」的男子體恤留守家鄉的妻子在大太陽下洗衣服，太辛苦了，轉念間大發慈悲，就給長年獨守空閨的婦女，蓋個洗衣亭遮遮陽吧！

因為是僑鄉，和順人家的生活在很早期就與「國際接軌」。據統計，在和順普通人家的家裡，總計發現有一百六十多樣「舶來品」，分別來自世界三十多個國家，其中包括德國製的照相機、縫紉機、美國的派克鋼筆、藝術鐵門，及來自各國不同品牌的掛鐘等，在在見證了早期和順人家「時尚」的生活方式。目前人口只有五千多人的和順，旅居國外的僑民卻有一萬多人。

和順圖書館座落於和順鄉雙紅橋畔，是鄉裡旅居緬甸的華僑為了振興家鄉文化事業，而於一九二八年集資創辦的，迄今已有八十年歷史。它的前身是「和順閱書報社」，早在一九二四年成立。圖書館建築由大門、中門、花園、館舍主樓、藏書樓等組成，為中西合璧式的建築群。清光緒年間所建漢景殿的牌樓式大門上方，懸掛著清朝和順舉人張礪所書的「和順圖書館」匾額。另外，也有胡適、李石曾等人於圖書館十週年慶時的題匾，讓這遠離腹地的極邊之地，文明的色彩依舊熠熠生輝；騰衝人張天放則題有「在中國鄉村文化界堪稱第一」的字句。這大概就是騰衝人現稱和順圖書館為「中國鄉村第一個圖書館」的由來吧！

今天的科技讓資訊傳遞快速無比，網路無遠弗屆。幾十年前信息的傳播並非如此神速。據了解，當時上海的報紙、雜誌經廣州、香港到緬甸仰光，轉道國外一圈，直接進和順，所需時間竟然比國內的陸路交通所需時間少一半。當時騰衝的知識分子就跑和順圖書館借閱刊物，從中獲取知識與了解時事；而在抗日期間因應時局創刊的《騰衝日報》，至今還存活出版中。

一九四二至一九四四年抗日戰爭期間，騰衝淪陷。和順圖書館因及時疏散圖書，沒有受到巨大損失。在一九四四年七月國民政府反攻階段，和順圖書館成了第二十集團軍總司令部。總司令霍揆彰在此指揮攻城戰鬥任務。

和順圖書館現有藏書七萬多冊，其中古籍線裝善本書近一萬冊，典藏文獻豐富。一九九三年，雲南人民政府將和順圖書館列為省級「重點文物保護單位」。圖書館跟著時代的腳步，現在也增設了電子閱覽室。不過，在圖書館內，現在還是可以喝茶免費看書報。

我們在和順鄉還參觀了「艾思奇紀念館」。艾思奇何許人也？對我們這批來自五湖四海的華文寫作者，相當陌生。他本名李生萱，一九一〇年三月二日生於騰衝縣和順鄉，一九六六年二月病逝北京。他是著名的馬克思主義哲學家，生前的著作《大眾哲學》及《哲學與生活》，影響了很多青年走上革命之路，豐富了毛澤東的哲學思想理論。生前，毛澤東曾和他討論哲學，還提問請教。雖然艾思奇二歲時就隨母親離開出生地，且一輩子不曾再回和順故鄉，但他的遺孀王丹一女士在艾思奇病逝十四年後，即一九八〇年二月，將艾思奇故居捐獻給騰衝縣人民政府，成立紀念館。

艾思奇故居在和順鄉水碓村，為磚石楸木結構，中西合璧的四合院。走近大門，正中是艾思奇的塑像，內門則有毛澤東給艾思奇的題詞。四合院房子是兩層樓的木造建築，雕花格扇，西式小陽台，顯得古樸典雅。紀念館陳列了艾思奇的生平事蹟。

走在和順由儲黑色石板鋪設的街道上，感覺堅實平整。想像中，鄉裡每幢大小不一的宅院，似乎都蘊藏著從馬幫時代就流傳至今的不同故事。它撩撥了我們的好奇心，真想敲敲已然斑駁的宅院大門，聽聽馬幫人的後代「細說從前」，帶著我們走過時光隧道，探尋和順曾經擁有的煇煌；要不，就在飄雨的日子，看河邊楊柳依依，池塘碧波蕩漾，輕聞徐風送來荷花的清香。可惜，我們只是匆匆趕路的過客，「人在江湖，身不由己」，只能以「不虛此行」自我安慰外，又不無遺憾地趕往旅程的下一站。

滇緬邊境憑弔抗日史蹟

「歷史」一直是我喜歡的科目。年輕時，看到一部據說是根據史實拍攝、由英國名演員亞歷・堅尼斯主演的《桂河大橋》（The Bridge on the River Kwai）影片後，就對二戰時期滇緬地區的戰役，感到興趣；後來讀到抗日名將孫立人將軍一九四二年曾率領中國遠征軍到緬甸仁安羌，以寡敵眾，成功救援被日軍圍困的英國遠征軍故事，更增添了我想探討滇緬抗日戰爭史蹟的興趣。

二〇〇九年四月，參加「四海作家滇西民族文化采風團」時，看到行程中有昆明、保山、騰衝、芒市、畹町，及「可能到緬甸」等滇緬公路經過的城市，興奮不已，以為可以參訪到抗日戰爭中留下的眾多史蹟。如果能到「桂河大橋」，不是更加美妙嗎？後來一查資料，才知「桂河大橋」座落在泰國中西部、靠近緬甸邊界；仁安羌雖在緬甸境內，但也都不是我們要參訪的目的地。

不過，我們還是走訪了記載雲南抗日戰爭中最具代表性的兩處史蹟：騰衝的「國殤墓園」，以及畹町的「南洋華僑機工回國抗日紀念碑」，並大致了解發生在六十多年前、現幾乎快被遺忘的感人故事。

國殤墓園後山三千多抗日陣亡將士的墓碑

國殤墓園

到雲南騰衝大盈江畔、來鳳山麓的「國殤墓園」拜謁，在忠烈祠內看到正中牆壁上懸掛有孫中山先生的遺像，遺像上方是他「天下為公」的題字，兩旁則有「革命尚未成功，同志仍須努力」的鎏金聯語；再靠外兩旁分別是，中華民國青天白滿地紅國旗和中國國民黨黨旗……，看到這些中共自一九四九年建立「新中國」後就不再承認的「前朝」象徵，竟然還保留完好的在這「極邊第一城」——騰衝，並定期舉行祭典及公開供大眾瞻仰，一時之間，我們這批前來拜謁抗日烈士的海外華人，竟有不知置身何處的錯覺！

一九四二年一月，日軍攻佔緬甸，繼而奪得中國雲南怒江以西大片江山，當時為中國運輸抗戰物資的重要交通命脈「滇緬公路」，因之中斷；一九四四年六月，中國遠征軍開始反攻，在越過怒江邊高峻陡峭的高黎貢山後，向騰衝城挺進，付出的代價是，有三千多年輕將士長眠在登山途中；當年七月底，遠征軍將騰衝外圍的飛鳳山、寶峰山、來鳳山等數十個日軍據點一一摧毀，對騰衝城形成大包圍；八月二日至九月十四日，歷時四十四天的巷戰肉搏戰，終於將六千多日軍全部殲滅，光復了騰衝城。這也是中國八年抗戰期間，首次能夠將敵人逐出國境外的戰役。這場戰役的勝利，加強了國人對「抗戰必勝」的信心，意義不比尋常。騰衝戰役，戰況慘烈，遠征軍傷亡一萬八千多人；戰後的騰衝城一片焦土，城內兩萬多幢房屋建築全毀，也沒有一棵完好的樹木，每一棵樹木都留下了砲彈襲擊的痕跡，「焦土抗戰」換來了犧牲慘重的勝利！

一九四四年九月，時任雲貴監察使的李根源先生上書國民政府，建議修建陣亡將士公墓。隔年（一九四五）「七七抗戰紀念日」，騰衝「國殤墓園」落成，為光復騰衝城而奮勇捐軀的中國遠征軍二十集團軍將士們，提供了一個永久安息之地。

我們這批來自海內外的華文寫作者，在墓園完成後的六十四年，才有機緣前來這「極邊第一城」，向九千多位收復國土而犧牲的英烈們，獻花致敬。

長久以來，對「國、共」之間「漢賊不兩立」的想法，已被根深柢固地灌輸到腦袋裡。因此，在國殤墓園忠烈祠內乍見「中華民國國旗」及「中國國民黨黨旗」時，相當驚訝；在忠烈祠基台前，有蔣中正題、李根源書的「碧血千秋」石刻；忠烈祠外方廊柱上，有蔣中正、于右任、李根源的題額，還有何應欽、衛立煌、霍揆彰、周福臣、闕漢騫、顧葆裕等將軍的輓詞楹聯等。看到這些早期國民黨執政時期的高官將領姓名、題詞等，現在竟然還能完好無損地繼續陳列在共產黨統治下的忠烈祠內外，我個人除了驚訝，還是驚訝！

我們看到，忠烈祠內兩側牆壁鑲嵌著騰衝戰役九千一百六十八陣亡將士的名錄牌，以及孫科、陳誠、龍雲等當時軍政要員和地方各界人士的輓詩悼詞刻石數十方；祠前沿廊碑石有蔣中正以國民政府軍事委員會委員長名義簽署的「佈告」、霍揆彰將軍撰寫的〈忠烈祠碑〉、李根源的〈告滇西父老書〉、騰衝抗日縣長張問德的〈答田島書〉，以及「印度華僑捐資芳名錄」等。

忠烈祠後山坡頂上有一座約十多公尺高的「遠征軍第二十軍團克服騰衝將士紀念塔」，塔身三面鐫刻有「騰衝會戰概要」，記述一九四四年六月至九月十四日光復騰衝的戰役經過。從祠後往山坡頂紀念塔之間，一塊塊等距呈輻射狀排成縱隊行列的墓碑，總計有三千三百六十四塊，布滿整個山坡。每塊墓碑上，以紅字書寫陣亡將士的姓名及軍階。墓園內蒼松翠柏，遮掩了陽光，有點陰涼，更顯肅穆。我們一行四十多人，是當天唯一的訪客團體。在忠烈祠前向英靈獻花致敬後，再靜靜地沿著祠後的台階穿過一排排墓碑，走向山坡頂上的紀念塔。我彷彿聽到了戰士們攻城時，刺刀砲彈衝向敵軍時奮不顧身的吶喊聲！不禁低頭默禱：祝願將士們的靈魂已經永久安息！

騰衝「國殤墓園」佔地五萬三千三百平方公尺，目前墓園保存與管理，看起來相當良好，所有史料一如當年落成時。中共建政六十多年來忠實保留國民黨時期建立的墓園史料，做法值得讚賞。

南洋華僑機工回國抗日紀念碑

二次大戰抗日期間，一九三八年十月之後，中國東南的海陸交通均被日軍切斷，新開闢的滇緬公路成為運輸國際援華物資的主要通道，當時被稱為「抗戰輸血管」。滇緬公路東起昆明，在雲南邊境畹町出境，通到緬甸臘戍。

滇緬公路於一九三七年十一月二日正式開工，一九三八年八月三十一日通車，中國境內全長九百六十三公里。當年參與築路者是來自雲南各地的十多個少數民族，築路工最多時達二十多萬人。他們自帶簡陋的食宿設備，用最原始的工具開山、架橋、鋪路，在十個月內完成通車。滇緬公路通車時，新聞轟動國際，被認為是繼「萬里長城」、「運河」之後，中國人只憑兩手、又一完成的偉大工程。美國人當時曾形容，滇緬公路是中國人用手「摳」出來的。

滇緬公路工程初竣，急需大批汽車司機和修理工（通稱「機工」）。一九三九年，南僑總會受國民政府委託，在新加坡僑領陳嘉庚的號召下，共有三千一百九十二名華僑機工分九批回國效力。

當時都說，在滇緬公路上行車，人人必須闖過四道「鬼門關」，就是瘴氣、泥濘雨水、高山、危橋險路及日機不時的轟炸。據戰後統計，南僑機工在修路期間因戰死、病亡及失蹤的，約一千多人；復員回到僑居地的約一千人，剩下近千人選擇定居國內。

紀念南僑機工抗日期間對祖國的犧牲奉獻，雲南境內共建立了兩座紀念碑：一座在昆明西山公園內，於一九八九年五月落成；一在瑞麗市畹町經濟區，二〇〇五年由陳嘉庚先生的後代出資興建。我們參觀的是後者，現在才完成第一期工程。在這座紀念碑前有陳嘉庚先生的塑像。塑像面對畹町市區街道，可以看到滇緬公路。

當年南僑機工回國投入抗日戰爭，有許多感人的故事，據接待我們參觀紀念碑的畹町經濟區宣傳處人員說，其中最特別的是，當時機工並不召募女性，但機工中卻有四位「現代花木蘭」，她們成功地女扮男裝，和男性機工並肩作戰，直到有一天，一位名叫李月美的機工，因駕駛的汽車遭日機轟炸而受重傷。戰友楊維銓送她去醫院救治時，才發現原來她是女兒身。兩人後來結為夫婦，抗戰勝利後並定居緬甸，育有四個子女。一九五六年，中共總理周恩來訪問緬甸時，見到這對夫婦，鼓勵他們回國參與國家建設。楊維銓和李月美被分發到海南島定居，不幸的是，一九六六年文革發生，他們被迫害死亡。

另一則在雲南地區已經廣為傳播的感人故事：機工之一的新加坡華僑韓利丰，當年毅然離開年輕的妻子周正妹，回國加入抗戰行列。勝利後卻因家裡音訊杳然，以為妻子早已不在人世，自己就留居在昆明另外成家立業。五十年後，韓利丰才得知，他的髮妻仍在人世，且為他整整守了半世紀的寡，晚年生計艱難……。韓利丰的老伴李瑞瑩得知這一情況後，就敦促先生到新加坡接回已是老態龍鍾的周正妹。就這樣，三位老人相依為命，相互扶持，相互體諒，面對殘年。

滄海桑田，六十多年前承擔「抗戰輸血管」使命的滇緬公路，如今仍是中國西南邊境通往南亞、西南亞地區的交通大動脈。不同往昔的是，它現在是路面光滑、平整的高速公路。從前，由昆明到緬甸邊界，汽車要走七天。現在，一天就可到達了；但是，同樣人為因素，大時代的動盪製造了數不完、說不清的人間悲劇。「平安過日子」，對很多人而言，仍舊是不可能、甚至是奢侈的夢想！這些令人無奈、令人扼腕的悲劇，像那永不下片的影集，每天在世界各個角落播映著。自古已然，於今為烈！

＊文中「騰衝」地名，中共建政後改為「騰沖」。

走訪黎錦揚工作過的土司府

二〇〇九年四月參加「雲南民族文化采風團」，發現行程中有一項參觀「南甸土司府」（正式的名稱叫「南甸宣撫司署」）時，精神不禁為之一振。這不是《花鼓歌》作者黎錦揚近半世紀前曾經工作過的土司府嗎？這可得要好好遊覽一番。

一九四一年中日抗戰期間，黎錦揚從雲南昆明「西南聯大」畢業。畢業當天，看到學校佈告欄上有一則啟事：「芒市的土司要找一位精通中、英文的秘書。」他就去院長辦公室申請，那時才搞清楚：「芒市在中緬邊界的密林深處」；而「土司是擺夷族的首領」（現在雲南已不用「擺夷」這個具有歧視性的字眼，改稱「傣族」）。他是唯一的申請者，雖然學校職員一再警告，「那地方以毒蛙和瘧疾病聞名，去那裡的漢人有一半一去不返……」等等，要他想想再說吧。因為當時沒有其他工作機會，一九四二年黎錦揚走馬上任，並且在那裡度過了他一生中最愉快的時光。

土司制度是元、明、清三代對中國南方民族施行的一種統治制度，有千年歷史。朝廷利用「以夷制夷」的方式，讓邊疆少數民族臣服而歸順中央。黎錦揚工作過的土司府在芒市，芒市現為雲南德宏傣族景頗族自治州的首府，屬潞西市的一個鎮。但潞西市是中共建政之後成立縣市時才有的稱呼，到現在人們還是習慣叫「芒市」，就連機場也稱「芒市機場」。除了潞西市外，德宏傣族、景頗族自治州還包括了瑞麗市、盈江市、畹町縣及龍川縣等行政區。

黎錦揚在自傳中形容：「芒市風景優美，就像一間掛滿東方水彩畫的畫廊，白雲下一望無際的稻田，薄霧中半隱半現的遠山，竹林間遙相呼應的紅廟，再加上神聖的菩提樹點綴在絨毯般的山谷裡，遠遠看去就像海灘上一把把遮陽傘……。」

芒市當時的土司姓「方」（芒市最後一任土司叫「方玉龍」），聘請黎錦揚是「推動芒市現代化」的項目之一。其他現代化設施包括：安裝電燈、電話、清除乞丐、整修滇緬公路，使芒市成為這條公路中最好的休息站；另外，將全市六名警察原著棉布衣褲，改穿高領卡其制服及走起來嘰嘰作響的皮靴等。

黎錦揚的秘書工作還包括：調解土司與二太太之間的家庭糾紛、解決果樹工人的罷工問題、處理共產黨的滲透與抗日遠征軍和當地居民的衝突問題等。最特別的一次是，土司叫他去審判一位偷大米的嫌犯，而這是當地三十年來首次發生的「犯罪事件」。黎錦揚以為被告會有「律師」代為辯護。結果發現，當時芒市根本沒有「律師」這一行業。

黎錦揚因為不想將「法官」、「陪審員」、「檢察官」及「被告律師」等多種身分「一肩挑」。三更半夜去請教土司府的老師爺（方土司父親的秘書）該如何做。結果，老師爺乾脆自己來主持審訊，他用清朝的方式——打被告幾十大板，打到嫌犯痛得受不了時就通通招了。可笑的是，土司府的牢房並不上鎖，他們還想方設法「逼」犯人跑掉。犯人跑去最近的外國就是緬甸，在那裡人犯不必擔心會被抓回來。而土司這邊則高興，犯人成了外國的罪犯，芒市治安還是一乾二淨。

滇西共有十個土司府。黎錦揚工作的芒市土司府現還存在，但建築規模較小。我們參觀的土司府是「南甸宣撫司署」，它是目前雲南保存最完好的土司衙署。座落在梁河縣城遮島，建於清咸豐元年（一八五一），一九九六年被中共政府列為國家級重點文物保護單位，二〇〇五年成為國家批准的4A級旅遊景點。

南甸土司府建築群是按照漢式衙署布置，由五進四院、四十七幢一百四十九間房屋組成。佔地面積一萬零六百二十五平方公尺，按土司衙門等級分為公堂、會客廳、議事廳、正堂等逐級升高。周圍另有花園、佛堂、小姐樓、傭人住房、廚房、糧庫、馬房、軍機庫及牢房等。土司姓龔，原籍南京應天府上元縣人。西元一三〇一年（元大德五年）皇帝賜姓「刀」，所以又稱「刀龔氏」。刀氏祖先明初隨師征討雲南有功，被皇帝加封為宣撫使，定居在此。從一三九八年到一九五〇年五月，歷時五百五十二年，世襲為官共二十八代。

我們參觀時，聽導遊說，土司府的大陽門，沒有品位的官員和婦女嚴禁出入。可是，有一對大象夫婦卻可以通行無阻，還有專人為牠們抬屎擦尿。傳說，土司府前三院的建築木材是靠這對大象夫婦從四十多公里外的龍塘村，用鼻子捲來的。牠們是「有功之臣」，深受當時土司寵愛，特准牠們進入第三院，和人同居一室。

南甸宣撫司署大殿左邊是「小姐樓」，也就是小姐梳妝打扮活動的地方。雖然土司府很大，小姐的活動照樣受限制只能在一定的範圍活動。一九八四年，末代土司七個老婆中的第三位住進了小姐樓，到現在還住那裡。為了保有她們的隱私，導遊沒讓我們參觀小姐樓。

身為地方最高首長，土司的重要職責是：一、習武坐禪；二、誦經，唸傣文經；三、如有人擊鼓喊冤才去辦公。土司府審訊犯人的大堂，如同電視劇中古代官府審訊犯人的場景。難得機會，我們一票人也輪番坐上審判官椅，舉起「驚堂木」，裝模作樣做審訊狀，拍照留念。據了解，南甸土司府現在也常成為大陸影視拍外景的場所。

黎錦揚描述的當時芒市，「以毒蛙和瘧疾病聞名」；我們現在看到的芒市有高樓大廈，大街上還有護理人員設攤位，對過往婦女宣導節育。近半世紀前，芒市全市只有六名警力。我們現在看到的，單是在一個路口就有幾位公安「守株待兔」，準備取締違規的機汽車駕駛人。至於三十年才有一個偷大米的罪犯，現在是「天方夜譚」了；據說，雲南邊境城鎮普遍都有相當嚴重的毒品問題。

黎錦揚在他自傳中說，在芒市為土司工作是他一生中最快樂的時光。不過，他記載的多半是人際關係，沒提到曾參觀什麼古蹟名勝。我們倒是在芒市遊覽了「樹包塔」。這「樹包塔」始建於清乾隆五十三年（一七八八），塔身呈八角形，被一株枝葉繁茂的菩提樹緊緊包圍在中間，成為罕見的自然景觀。一眼望去，樹包塔，塔包樹，樹塔一體，渾然天成。

芒市另一個值得觀賞的地方是「勐巴娜西珍奇園」。這裡以蒐集大量舉世罕見的古樹珍木、硅化玉石而聞名。園內共有八百多株百年以上的古樹，一千多噸樹化玉、樹化石，韻味獨特，引人入勝。

黎錦揚為土司工作近兩年，因日軍攻陷緬甸，展開對雲南的進攻時，才與土司分別逃命離開芒市；而我們一票人萬里迢迢來到芒市，還來不及仔細品味這裡獨特的民俗風情，卻為了下一個旅程，就匆匆地告別了芒市。

蘇州獅子林——建築大師貝聿銘的故居

馳名全球的華裔建築大師貝聿銘的「封刀之作」——蘇州博物館新館，於二〇〇六年中秋節正式落成開放。這座被貝聿銘視為「最心愛的小女兒」的建築物，以江南園林造景設計，是貝聿銘在中國設計的唯一博物館，備受全球建築界矚目。

從中國園林聯想設計蘇州博物館，貝聿銘應該是如魚得水，再自然不過了。因為，園林儼然是他生命中的基因——貝聿銘就誕生在蘇州四大名園之一的「獅子林」，園內假山石洞與曲橋池塘，就是他童年的遊樂場。童年的經驗影響終身，貝聿銘坦承蘇州經驗對他建築設計的影響。他說：「人與自然共存，而不只是自然而已。創意是人類的巧手和自然的共同結晶，這是我從蘇州園林中學到的。」

最近有機會遊覽蘇州獅子林，由衷羨慕貝聿銘小時候有這麼優越的生活環境，成長後想不成就「偉大」事業，似乎也難。現在，請讀者來分享瀏覽一下「獅子林」的風光吧！

蘇州素有「園林之城」美譽，獅子林與「留園」、「拙政園」及「滄浪亭」，並稱蘇州四大名園，代表宋、元、明、清四個朝代的園林藝術風格，是中國私人園林的典範。

獅子林位於蘇州園林路二十三號。建於元朝至正二年（一三四二）。高僧天如禪師惟則的弟子為他們的師父居住集資興建；又因惟則之師中峰禪師得道於浙江天目山獅子巖，且因園內怪石都形似獅子，遂取名「獅子林」或「獅子寺」。至正十二年（一三五二），曾易名為「菩提正宗寺」。

蘇州民間對於獅子林的來源，有這樣一個傳說：相傳宋仁宗曾聘中峰禪師為國師，國師的坐騎是一隻丈八的大狻猊（獅子）。有一天，他來蘇州菩提正宗寺探望徒弟天如禪師。寺裡有很多怪石，狀似狻猊。神獅見了，以為回到佛國獅子群中，興奮之下忘了形，現出本相，變成了獅子峰，屹立在寺院的東南，成為園中諸峰之冠。而神獅身上散落的獅毛，也紛紛變成姿態各異的石獅，有大有小，估計有五百多種不同形狀。而且，群獅又都圍繞著神獅，向牠頂禮膜拜。國師和禪師見此光景，不禁連稱：「善哉，善哉！」從此，菩提正宗寺改稱「獅子林」。的確，今日，遊客入園參觀，看到的每一塊怪石，都神似獅子，有的如雄獅蹲坐，有的像母獅沉睡，還有像獅子滾繡球，不一而足。

不過，照貝聿銘的說法則是，獅子林園中山石酷似雕塑藝術家杜布菲（Dubuffet）的作品。在《蓋羅．馮．波姆（Gero Von Boehm）與貝聿銘對話》一書中，貝聿銘說：「這些石頭的加工製作尤其有趣，並且反映了我們對時間和家庭關係的理解。園中的石頭大都是多孔洞的火山岩石，石匠們以它們的可塑性來選擇，再小心地將岩石撬開。然後，石匠在湖畔或河邊仔細地尋找空地，將石頭置於其中，任憑流水衝擊，使其經過幾代的天然侵蝕，石匠本人或他的子孫日後再回收石頭，經過堆疊，終成假山。」貝聿銘說，這種延續性具體地反映了中國文化——父親播種，兒孫收穫。

再回頭看獅子林歷史的演變：天如禪師辭世後，寺僧散去，寺園逐漸荒蕪。明朝萬曆年間，明性和尚在長安化緣，在舊址重建獅子林聖恩寺，獅子林得以風華再現。到了清朝康熙年間，寺與園分開，園為黃熙之父、衡州知府黃興祖買下，取名「涉園」；清代乾隆時，黃熙科舉中了狀元，重整庭園，取名「五松園」。不過，到了清光緒中葉，黃氏家道沒落，園已傾圮，但假山依舊。一九一七年，上海顏料富商貝潤生，也就是貝聿銘的叔祖父，以九千九百銀元購得此園，花了九年時間大舉修繕，建築幾近重建。重建後的獅子林與舊園相貌相距甚遠，但它宏麗的樓台、精美的陳設，無以倫比。民國初期，獅子林被認為是蘇州各園之冠。

獅子林現佔有面積一千一百一十四平方米，園內古建築大都保留了元代風格，為元代園林的代表作。它既有蘇州古典庭園林、亭、臺、樓、廳、堂、軒、廊的精巧，又有湖山奇石的山林之趣，充滿了禪意。全園結構銜接緊湊，園內長廊四面貫通，廊壁上嵌有書條石刻，都是歷代名家碑帖條石珍品，總計七十多方，至今飲譽世間。園內主要建築有：燕譽堂、小方廳、指柏軒、古五松園、見山樓、荷花亭、石舫、真趣亭等，各有特色，在蘇州林園中別具一格。

遊客來到獅子林，幾乎沒人不為它精美絕倫的假山群峰磅礴氣所震服。獅子林假山群共有九條路線輾轉出入，二十一個洞口，橫向迂迴婉轉，豎向起伏跌宕，人行洞中，左右盤旋，一下登上峰頂，一下沉落谷底，抬頭仰望，但見滿目疊嶂，環顧四方，跌宕起伏，平緩中有險隘。旅遊當天，專屬導遊不斷囑咐我們，要緊跟著她，免得走不出這座迷宮。走不到一個小時，她要另找生意，告訴我們說：「好了，從這裡你們可以自己參觀了！」

結果，朋友和我兩人硬是轉不出來，在假山群中爬上爬下，又沒路標指引，花了近一個小時，才「不小心」地找到了出口。

獅子林假山並不高，但洞壑盤旋幽深，層次深邃，嵌空奇絕；池水雖不深，可迴環曲折，加上飛瀑流泉隱沒於花木扶疏間，樓閣亭臺建築細緻精巧，古樹名木令人懷古思幽，無愧為蘇州四大名園之一。清朝康熙及乾隆皇帝曾數次來遊，並在圓明園及避暑山莊內仿建。也難怪清代學者俞樾讚譽獅子林：「五復五反看不足，九上九下遊未全。」當代園林專家童俊也曾評述獅子林假山：「盤環曲折，登降不遑，丘壑婉轉，迷似回文。」

一九五二年，貝氏家族將獅子林捐贈給中國政府。經整修，一九五四年二月正式對外開放。一九六三年，獅子林被列為江蘇省文物保護單位；二〇〇〇年，聯合國教科文組織將獅子林列入「世界遺產名錄」內。這一代名園是中國園林大規模假山的僅存者，具有無比重要的歷史價值與藝術價值。

輯四

碎碎唸集

輪到「我說」了

一向敬慕那些有強烈創作慾望、勤於筆耕、作品豐富的作家。我從小討厭寫字，怕見陌生人，迄今依然。我也欠缺想像力，少有寫作動機。但鬥不過命運，自國立政治大學新聞系畢業後，第一份工作就是當記者，從此浪跡新聞界數十年，直到退休，都沒有換過職業。

以記者身分的採訪寫作，只能盡可能地忠實、客觀報導，不容你發揮創作想像力，即便你有！大學「採訪寫作」課程教授耳提面命：記者不該「道聽途說」，也不能「有聞必錄」。聽到十分只能寫七分，已經是極限，當然更不能「無中生有」。這樣看來，記者職業的要求，倒滿適合我的個性，想必這是我在職場上能「從一而終」的最重要因素。

追求「公平、正義」，應是我的天性之一。猶記得，小學五年級學期結束時，因為氣憤導師考評成績不公平，竟在全班同學面前，把她發給我的成績單當面撕碎。導師當時也氣憤無比，拿起體罰用的竹棍，叫我伸出雙手，打了我一下。我還記得，當時我就想到，我的導師應該深切檢討：「為什麼這樣一個一向品學兼優的學生，竟會有如此反常的行為？」她是否也有責任呢？她是否應該找來學生懇談，追究原因？而不是體罰了事！也是從那一刻起，我就「立志」將來絕不當小學老師。而在我生長的年代，「小學老師」及「護士」兩種職業，是台灣社會一般女生畢業後最好的出路！

命運驅使我從事新聞工作，但「記者」與「作家」兩者寫作還是有別的。關於新聞寫作，我剛入行時，曾聽一位資深同業如此描述「新聞稿」不外是：「他說，……；他強調，……；（他媽的，）他又說，……」內容精不精彩，實不實在，都是受訪者說的，沒有一句是記者「我說」的；寫社論、短評、專欄等，則另當別論。

前輩知名作家王鼎鈞先生在他的〈記者與作家〉一文中說：

> 有人做作家做不好去做記者，也有人做記者做得很好去做作家，失敗的作家有兩條路，做記者或做教員，成功的記者也有兩條路，做官或者做作家。報紙是記者的前方，作家的後方，文壇是記者的後方，作家的前方。

卸下記者身分後，為持續書寫習慣，保持腦袋運轉，預防老人癡呆，遂偶而遊走「記者的後方」——文壇，在此總算找到機會，輪到「我說」了！

第一課

二〇〇九年聖誕節，藝術收藏家朋友麥可贈送給我的禮物是，他收藏的一幅早期美國華裔藝術家謝榮光創作的水彩畫、題名《第一課》的複製品。此複製品目前在市場價值並不高，但我視之為「無價之寶」，因為它，開展了我與麥可多年的知己好友情誼。

一九九三年一月某一天，雖然自身不是藝術家、但在舊金山藝文界十分活躍、人稱「茅顧問」或「茅公」的茅承祖先生，碰到我就說：「有一位老外，值得妳訪問。他專門收藏華裔藝術家畫作，還寫了一本書……。」於是，經由茅公推介，我採訪了白人藝術收藏家麥可・布朗（Michael D. Brown），在我服務的報社撰文介紹他的收藏，及他所寫的書：*Views from Asia*：一本關於早期美國亞裔藝術家的簡介，其中華裔藝術家就佔了二十位。

記者與採訪對象，很多時候一生中只有一次見面的機緣。我以為跟麥可的接觸，大概也會是「僅止一次」而已！

又是茅公！第一次訪問後沒隔多久，茅公說，麥可收藏有早期華裔畫家謝榮光作品《第一課》的複製品：中國抗日期間，海外僑胞踴躍捐款支持國民政府抗日，在美華裔藝術家也不例外。謝榮光將水彩作品《第一課》複製一百份義賣，所得捐助中華民國政府抗日（註：迄今「第一課」真跡不知下落何處）。

我那時候想，這值得採訪。於是，再次約麥可訪問。那一陣子，每天大概忙於「突發」或有時間性的新聞採訪，屬於「靜態」性的訪問暫時壓後，一天過一天，對麥可的訪問，都沒空寫。而他每隔一個禮拜或十幾天，都會在我電話機留話：「如果訪問見報，請寄一份剪報給我……。」我沒有回話，因為沒寫，無報可寄。如此這般過了三個月，覺得不能再拖了，才認真地寫了三千多字的專訪稿，寄《世界周刊》登出。

然後，不時在舊金山華人畫家舉辦展覽的場合裡看到麥可——常常是唯一的老外身影。我們有了更多的談話機會，聽多了他探訪早期華裔藝術家充滿人情趣味的故事，也聽他抱怨：「你們華人根本不重視華裔藝術家……；你們的華僑歷史學家只知道早期華人移民開餐館、開洗衣店，當鐵路工人，不知道有藝術家……」等諸如此類的話語。

一九九四年四月，麥可經醫生診斷，發現脖子上有「轉移性的癌」（至於「原發性的癌」在哪裡，始終沒查出來）。進行了三十多次的電療，體重驟減六十多磅。他非常沮喪、消沉，但聽到日本畫家Matsusaburo George Hibi的女兒來電話說，願意割讓父親的畫作時，他從床上一躍而起，驅車趕去拿畫作，唯恐去晚了人家變卦。事後又跟我說，如果他病重不治，他要把自己已有的一幅Hibi的畫作，加上新買的這幅，一起無條件送還給畫家的女兒永久收藏，免得畫作分散流落在外。

想到癌症病人最需要有「堅強的求生意志」，而藝術是麥可的「最愛」。又聽過無數次他探訪早期華裔藝術家的故事，有血有淚，且是珍貴的「口述歷史」，精彩無比，值得紀錄下來。於是，我跟他說：「讓我們合作來撰寫早期美國華裔藝術家的系列報導吧！」

這系列報導後來在台灣《雄獅美術》月刊連載。

一九九九年，輪到我得癌症。大概「同病相憐」吧！在漫長的治療期間，麥可給我的幫助與關懷，自家親兄弟大概也不能比他做得更好。在這之前一年，因為看了他收藏的另一幅由早期華裔藝術家吳錫藩（Jade Fon Woo）於一九三〇年代創作的水彩畫《華人夜總會》，觸發了我追根究柢的靈感，而後寫成〈紫禁城夜總會〉」一文，獲得第一屆「新美國傳媒」（前稱「新加州傳媒」，由美國少數族裔媒體組成）最佳專題報導獎。

時光流逝，從單純的採訪關係，到成為無話不談的知己夥

我和美國藝術收藏家朋友麥可．布朗

伴，匆匆已二十年頭！

我們擁有多位親近的中、外朋友。在他們的眼中，我們是一對親密「伴侶」，我們也從不做任何解釋，有時還自我調侃說：「都已經是老夫老妻了。」誰說男女之間沒有純友誼？在相識不久後，覺得投緣，兩人就取得了共識：「情侶」關係常是短暫的，「友誼」才可能維持長久。也許我們曾經有過「擁有」對方的念頭，但更珍惜維繫長遠的相知、相聚機緣，因此情願「君子之交淡如水」，祝願兩人友誼之愛永遠！永遠！

錯失成為「名嘴」機會

美國天后名嘴歐普拉，在二〇〇九年奧斯卡金像獎揭曉後，訪問因主演*Milk*（中譯《自由大道》）一片而榮獲最佳男主角的西恩潘（Sean Penn）時問：「當宣布你是最佳男主角得獎人時，你第一個反應是什麼？」

「噢！天呀！我必須上台演說（make a speech）。」西恩潘不加思索地回答。

我完全相信西恩潘回答時的「真誠性」，一點都不懷疑他有矯揉造作之嫌。多年前，看過一項有關「美國人最怕什麼？」的民調顯示，高達百分之七十以上的美國人最怕的，不是戰爭，也不是恐怖分子，而是做「公開演講」；如果這項民調是正確的話，即便是大明星如西恩潘，害怕公開演講也就不足為奇了。

一九七〇年代底至八〇年代初，還在台北跑交通新聞。我常到交通大學運輸工程研究所找教授問問題，挖新聞。看到教授書架上有研究生的碩士論文，不免拿起來翻翻，發現這些「書生」的論文，針對台灣的交通政策、鐵、公路、捷運等問題，提出的看法，不是「紙上談兵」，就是「閉門造車」，還不如我每天實地「觀察」發現台北交通紊亂的問題癥結所在。於是，不免常在教授面前大放厥詞，點出論文內容的不切實際，錯誤多多。大概因為「言之成理」，不時獲得教授的頷首同意。

1998年，我以「紫禁城夜總會」一文，榮獲第一屆「新美國傳媒（New America Media）」最佳專題報導獎。頒獎人為美國PBS公共電視台灣區KQED電視台This Week節目主持人Belva Davis

當時，交大運輸工程研究所每週三下午一點這節課是邀請外賓演講，五十分鐘演講人可獲得新台幣一千元的報酬，以當時行情看，價碼算是不錯的。教授曾邀請我來講一堂，聽眾不過就那麼十六位研究生。可別看我敢在教授面前侃侃而談，真要我面對一群人（只要超過十人，對我來說，就是一群人）演講，那還不如殺了我！我就這樣痛失成為「名嘴」的機會！

來美後，一九九八年，我以〈紫禁城夜總會〉一文獲得「新美國傳媒」（前稱「新加州傳媒」，是由全美除主流媒體以外的少數族裔傳媒組成）最佳專題報導獎，主辦單位要求得獎人上台領獎時，必須以英語致詞二分鐘。事先得知會有六、七百人與會，我真是「嚇」得一個禮拜睡不著覺，痛恨自己曾採訪人無數，又不是沒見過場面，怎麼這樣「膽小如鼠」？這就是我生平第一次公開演講（致詞）的心情寫照！

十年後，二〇〇八年，我才有第二次的公開演講。那是為了第二本書《天空不盡是彩虹》舉辦新書發表會（我第一本書《一個讓人留心的城市》上市時，雖然有熱心朋友要幫我辦新書發表會，同樣原因，怕公開演講，打死不從）。北加州政大校友會熱心安排說：「妳不辦新書發表會，怎能號召校友來捧場買書？」只好硬著頭皮，趕鴨子上架。事後，承蒙校友不棄，勉勵有嘉，自己也逐漸克服心理障礙，覺得演講並不如想像中那樣「恐怖」！

二〇〇九年二月獲「美南作協」及達拉斯文友社邀請，在休士頓與達拉斯做兩場演講。一回生，兩回熟。這兩場演講，反應熱烈，會後都有之前並不相識的聽眾前來找我，讚美我的演講內容與態度等。有一位先生說，他常聽演講，多數情況不是打瞌覺，就是半途溜走。聽我演講時，他從頭到尾全神貫注，興趣盎然，……。沒有比獲得聽眾熱烈的迴響，更讓演講人「窩心」了。我非常珍惜他們不吝給予適時的鼓勵，如果有天能成為「名嘴」的話，他們就是居功厥偉的「推手」，在此先致上我最誠懇的謝意！

對了，還要告訴所有仍舊害怕「公開演講」的朋友們，有機會不妨試試看，沒有想像中的「恐怖」！能勇敢跨出第一步，有朝一日，您就有機會成為「名嘴」！

大師教我如何遺忘

二〇一七年諾貝爾文學獎得主日裔英國作家石黑一雄，以他最近的著作《被埋葬的記憶》獲獎。他接受媒體訪問時提到，人一生中何時該記憶？何時該遺忘？何時該遺忘不愉快的記憶而往前走向下一階段的人生？……等等，是他不時思索的問題。

早在二十多年前，我就默默向已故國際馳名景觀雕塑大師楊英風學習遺忘，遺忘不愉快的事：即不寫日記。

一九九五年八月，楊英風來加州柏克萊加大博物館舉辦展覽，在他停留期間，我們有過幾次輕鬆的訪談，他無意中透露了屬於「藝術」之外卻刻骨銘心的一些陳年往事，其中尤以孺慕之情與無可奈何的婚姻大事，最令人動容。

一九二六年十二月四日，楊英風在宜蘭出生。不久後，他的父母就參

已故國際馳名景觀藝術大師楊英風（中）在伯克萊加州大學博物館舉辦展覽

加抗日地下組織遠赴中國東北，留下他由祖父母照顧。小學之前，他每三年才能見到慈母一面，父親到大陸後就不再回到日本統治下的台灣。楊英風小學畢業時，他母親回台要接他到現稱「北京」的「北平」念書，但祖父母愛孫心切，擔心孫子一去不回，堅持不讓他離開。母親在帶不走兒子的情況下，接受了她一位手帕交的獻計。這位朋友說：「這樣吧，我把女兒許配給他，等他二十歲時再回來迎娶。」祖父母答應了，當時楊英風並不知情，只是很高興終於可以跟母親長聚在一起，赴北平上中學。

母親與故鄉友人的「約束」期限到了。楊英風說，二十歲時，他必須返鄉迎娶他那從來不知道存在的「未婚妻」。那時候，他正是北平輔仁大學藝術系學生，年輕浪漫，也有女生喜歡他。然而，他怎能讓母親失信於友人？讓母親遭親友指責「言而無信」，在人格上沾有污點？二十歲的楊英風不但答應母親返鄉迎娶他並不愛的女人，表面上還強顏歡笑，不叫母親有絲毫的為難。

那時，楊英風原期望結婚後，攜帶妻子回北平繼續學業，哪能料到，大陸政局遽變，兩岸開始隔絕，不但阻斷了他返回故都之路，也再次隔離他與父母長達數十年。

楊英風說，當他二十歲返鄉時，不但妻子對藝術一無所知，家鄉也沒有一個人對藝術稍有概念。當他告訴家鄉親友說他學「美術」時，他們第一個反應是：「畫圖怎能賺錢養家？」既然回不了大陸，不如就在家鄉做點小生意，岳父母甚至要將雜貨店交給他經營。

婚後初期豈止不快樂，楊英風對人生簡直絕望到了極點！他說，或許當時對人生太絕望了，渾渾噩噩過了兩年才頓悟到「人生自有定數，凡事不必強求」，看世間一切「我得是我幸，我不得是我命」。楊英風說，這樣的人生觀看似消極，其實也不盡然，中國人不是強調「退一步海闊天空」嗎？從頓悟的那一天起，他就決定此後的人生，只記住愉快的事，將不快樂的事置之腦後。他原有寫日記的習慣，從那一天起，他毀掉以前的日記，並終生不再寫日記。

楊英風說，太太是位好女人，性情柔順，共同生活數十年，她始終不懂藝術，但這又何妨？她幫他生養六個孩子，照顧得好好的，這一路走過來，也很辛苦。他們婚後才培養感情，事業上她讓他無後顧之憂，他對太太心存感激。

猶記得，大師當時述說這些發生在半世紀前的往事時，一臉燦然，不顯遺憾。也許歲月流逝了所有曾經的傷痛，再絕望的事已成過往雲煙。但他說的「不再寫日記」卻影響了我，我覺得大師的話頗有道理，快樂的事不用寫日記，也會銘記在心，不愉快的事就付諸東流，何必強記留下傷痕？

從那時起，我也不再寫日記至今！

十多年前從職場退休後，開始對日常生活所需，厲行減法，力求減約。對多年不穿的衣物，能捐則捐，不能捐則丟；出國旅行，不再購物、蒐集紀念品；所有藏書，只留下一讀再讀的幾十本，其餘則捐贈圖書館，或喜歡閱讀的友人，儘量做到「物盡其用」。

現在則進一步要丟棄舊的日記本了！採訪楊英風大師之前，我也有寫日記的習慣，但對舊有的日記，還是無法如他所做，割捨丟棄。如今自己進入暮年，生命如風中殘燭，還有什麼不能「放下」？

翻開舊日記本，看著當年的一些記事，每每發現：「咦？有這事嗎？我怎麼完全記不得了！」這當中當然包括不愉快的事……，我想起了大師說的：「不寫日記，毀掉舊日記，可以遺忘不愉快的記憶啊！」

楊英風已於一九九七年十月二十一日病逝新竹。他曾贈送我一尊銅雕佛像，小小的，可以捧在掌心。如今手捧這尊佛像，大師音容宛在，彷彿看到他燦爛的笑容，訴說著他的孺慕之情，守住誠信，感謝妻子辛苦持家……，一路走來，他無怨無悔！

哈金：是英文「選擇」了他！

二〇〇七年，我的《世界日報》老同事邱鴻安先生在報上發表了〈期待哈金〉。文中指出，哈金新的小說《自由的生活》（A Free Life: A Novel），當年十月三十日才要上市，但在此之前，出版消息已紛至沓來，可見哈金在文壇上的地位。

與以往所有的作品都以「中國背景」不同，哈金《自由的生活》這本書，首度以「美國生活經驗」為背景。所以，邱鴻安對哈金這本書有所「期待」，包括：哈金在美國取得英美文學博士學位後，何以選擇以寫作為專業？何以不用母語中文而以英文寫作？開始寫作時曾經失業兩年，又找不到大學教職，何以還是堅持寫作，與他新書中描述的男主角屈服於現實生活、最終失去了寫作熱情的結局完全不同？邱鴻安認為，也許可以從哈金即將出版的新書中，找到上述問題的答案。

邱鴻安想要知道的答案，很湊巧，在這之前五年，我有機會專訪哈金時，就聽到他對這些問題的解說。

二〇〇二年二月，我到喬治亞州亞特蘭大旅遊，在亞城世界書局負責人余俐俐女士的安排下，得以有機會專訪哈金夫婦，並共進午餐。

哈金在專訪中說，他做夢都不曾想到，竟會走上以英文寫作這條路。他說，是英

2002年2月在亞特蘭大訪問哈金夫婦

文「選擇」了他，而不是他選擇英文。

哈金二十歲才開始學英文。他說，當初因為想讀外國小說才跟著收音機學，「進黑龍江大學之前，還沒有聽過一個活生生的人說英文」；黑龍江大學新生可以填五個「志願」科系，當時的熱門語文是俄文及日文。哈金五個志願依序如下：中國古典文學、哲學、世界史、古典文獻、英文。他說，因為沒有學生填英文系，他被迫填寫湊數，那年連他總計有十六位學生進英文系，其中一半連ABCD都沒學過。哈金曾感慨地說，人的命運很難說，四年大學，他屬於「慢班」，就是英文程度最差的一班。而他來美留學的第三年，即攻讀

「美國文學」，英文成為主要的語言。

哈金本名金雲飛，目前執教於波士頓大學英文系。一九五六年出生於中國遼寧省，十四歲起服役中國人民解放軍五年。一九八二年畢業於黑龍江大學英文系，八四年獲得山東大學英美文學碩士學位；八五年以「公派自費」身分，攜帶太太及獨子來美留學。八九年「天安門」事件發生後，從電視上看到手無寸鐵的學子，被政府軍隊鎮壓失去生命，本來決定學成回國的哈金，於痛心之餘，也決定不再回中國，並改以英文寫作。

哈金坦誠說，自己選擇用英文寫作完全出於生活考量。事實上，他對中國文學與詩歌非常喜愛，尤其欣賞古代詩人李白、杜甫和辛棄疾的作品；近代中國作家中，他認為老舍較巴金更勝一籌，因為巴金的創作生涯比較短暫，基本上，從一九四九年之後就沒有好的作品問世。

哈金承認自己的寫作受到俄國文學的影響。一九九六年，哈金首部英文短篇小說集《辭海》（Ocean of Words），以簡樸的風格、平易的美感，贏得了「美國筆會海明威小說創作首獎」；九七年他的第二部以描寫中國農村故事為主的短篇小說集《紅旗下》（Under The Red Flag）（台灣譯作《光天化日》），榮獲美國「奧康諾小說獎」；九九年他的第二部長篇小說《等待》（Waiting），更上一層樓，奪得「美國國家書卷獎」，及兩千年美國筆會的「福克納小說獎」。自此，「英語為第二語言」的哈金，在英文寫作的世界中，已佔有一席之地。他的《等待》一書，全球有德、法、日、匈牙利及中文等二十多種譯文；另一本著作《新郎》，也有十種譯文。

旅美二十多年，之所以能堅持走寫作這條道路，哈金特別感謝與他結褵逾二十年的妻子麗莎對他無怨無悔的支持。「天安門」事件後決心留在美國，哈金母親來信要他改行學電腦或商業，日後好謀生。麗莎說，當時先生要求她，「再等十年」，他可能寫出幾本書，就可以找到一份教職。看著先生連到餐館打工當侍者，都因為記不住幾十種菜名及酒名，而被降級為收拾碗盤的跑堂，怎能忍心不答應？麗莎說：「老天爺對我太仁慈了，兩年後，哈金就找到教職。」

寫作註定是哈金的宿命。麗莎形容，哈金寫作時，「眼睛發亮，滿臉發紅」，不讓寫作的話，脾氣特大，「要殺人啦！」聽著麗莎略帶誇張的話語，哈金溫柔地笑著，一副「知我者，吾妻矣」的表情。

不出外旅行時，哈金每天寫作約八至十個小時，還是習慣用手寫稿，所有作品都是修改數十遍，甚至重寫才完成。他說，修改的作品「基本功在，內容可能都不同了」。

雖然以英文寫作，但哈金最期待他的讀者是中國大陸同胞。二〇〇二年訪問他時，他著作的中文譯本只在台灣獲有版權正式出版，中國大陸之前不准出版，不過當時就發現大量盜版書。哈金形容，大陸的盜版書還印得「一本正經」，且在大書店公開販賣。之前，本來還有出版社想談在中國大陸的中文版權，他說，盜版書一出，誰還要談版權（不知道現在情況改善沒）？

哈金當時接受專訪時就說，他一直想寫這一代華人移民在美國這片土地上潮起潮落、悲歡離合的故事，特別是因為語言文化的隔閡而衍生的種種遺憾與不足。而他以英文寫作，將提供美國主流社會有機會探討華人移民的內心世界，及深入了解移民的生活。哈金說，移民的寫作題材，寫不完，太多了。

與哈金只有短暫的幾小時專訪接觸，但，印象中，他具有一般人常形容的東北人比較「純樸憨厚」，即使榮獲美國文壇重要的幾個小說大獎，但言談之間毫無傲氣。我特別欣賞他用「一本正經」四個字來形容大陸印他的盜版書，他說這話時，表情可是「一本正經」！

成名之前，哈金的作品曾經無法出版，詩作沒人要，想在美國教書偏偏拿的是與漢學無關的美國文學博士學位。為餬口，哈金當過守夜員、餐廳跑堂，但無論生活再艱辛，寫作路上再顛簸，因為夫妻的情愛、體諒與了解，而得以堅持下去。

聽哈金親口說，他結束了「中國經驗」為背景的作品後，就要開始以華人移民「美國經驗」作為新的創作題材。很高興他「說到做到」，不知他筆下的「美國經驗」，是不是如同你我的經驗，讓我們拭目以待！

偶然與楊德昌、蔡琴一起宵夜

台灣著名電影導演楊德昌於二〇〇七年六月二十九日，因腸癌病逝洛杉磯寓所，享年五十九歲。消息傳出，港台影藝界人士於震驚之餘，無不表示惋惜！而媒體對他的壯年早逝、壯志未酬等事蹟大幅報導外，對他的前妻——當今流行樂界、歌壇女皇蔡琴更是窮追不捨，要她發表談話，說說對楊德昌辭世的看法。這就是身為一個公眾人物必須付出的代價，你沒有不說話的自由！不論你心情是好是壞。

為給媒體一個交代，蔡琴用「公開信」告別逝去的愛，說：「讓他活在我的歌裡吧！」楊德昌和蔡琴的十年婚姻，是以楊德昌坦承有外遇而收場的。蔡琴在公開信中說：「我深深感謝上帝，讓我與他轟轟烈烈地愛過……；細數他一生共完成的八部電影，在我們生命聯集的十年中，我竟見證了一半……；作為一個曾經的伴侶，我們一起年輕過，奮鬥過。作為一個女人，他給我的寂寞多過甜蜜。……」字裡行間，蔡琴隱藏了多少對楊德昌的愛戀與無奈！

一九八九年五月十日，我返台渡假期間。這天晚上，約了好友汪季蘭、歐陽元美等人，殺到《民生報》拜訪王效蘭社長。效蘭社長就請我們一票人到台北市一家名叫「談話頭」的家常菜餐廳宵夜（不知這家餐館還在否？），才進餐廳門，就看到楊德昌、蔡琴夫婦也在內。王效蘭和台灣影劇圈關係密切，很多影藝界人士初出道時，都是因著《民生報》的強力報導而漸嶄露頭角，而後成為大牌的。

王效蘭和楊德昌、蔡琴當然熟識，立即邀他們夫婦一起宵夜。這是我第一次有機會近距離觀察這對演藝界名人。當晚大夥兒從午夜一直聊到清晨四時，看到蔡琴口才便給，談笑風生，楊德昌坐她身旁，話語不多，瞇著兩隻眼睛，始終面帶微笑，看著一桌子六、七個女人唧唧喳喳說個不停，也沒有顯示不耐煩。當晚聊些什麼，事隔久遠，已經不記得了！不過，我查日記後發現曾簡單記載：「蔡琴、歐陽和我，都是射手座。」想必，我們曾說到各人的星座吧！

楊德昌和蔡琴於一九八四年結婚，一九九五年離異。他們兩人的感情何時開始漸行漸遠，我並不知。不過，以那天宵夜的情況看來，當時並不覺得他們夫妻關係有哪裡不對勁；楊德昌後來的背叛帶給蔡琴椎心泣血的沉痛，她曾公開說過：「再也不會成為另一個男人的妻子！」而今，她看了一整天有關楊德昌病逝的電子媒體報導後，終於「一陣強烈而尖銳的刺痛」，刺痛了她的感覺，她不禁脫口喊出：「楊德昌！你怎麼可以這樣就走了呢？」我說，蔡琴，何苦呢？曾經看過一篇題為〈愛情三重奏〉的文章，文中有幾句是這樣的：「對無情的人，不要纏，不足戀，不必恨，要快逃。」我不是對逝者不敬，但「往者已矣，來者可追」！婚姻道路上，我也有類似妳這樣的境遇，多年前以這幾句話作為療傷良藥後，心裡或許仍舊惆悵，但傷痛程度立即減輕，往後日子海闊天空。

在婚姻道路上，蔡琴受了重傷。兩人離婚後，形同陌路。十多年來，蔡琴將傷痛深深埋在心底，如今因著媒體的追問，她必須剖開已結了疤的傷痕，讓傷口再度流出血來！唉！我曾是媒體人，也曾因工作需要而不能顧及被訪問者的厭惡與無奈。現在，我鄭重道歉，實在是「人在江湖，身不由己」！

從一九八九年偶然的一次宵夜後，再次近距離見到蔡琴，是在一九九六年三月。她來舊金山參加《世界日報》二十週年晚會，壓軸演唱。恢復單身身分的蔡琴選唱〈恰似你的溫柔〉、〈抉擇〉、〈你的眼神〉、〈怎麼能〉、〈最後一夜〉、〈情鎖〉及〈讀你〉七首歌。這一年是她婚姻劃下休止符的次年，選唱這幾首歌是在表白她婚變後的心情寫照？楊德昌生前蔡琴沒說，現在她說了：「讓他活在我的歌裡吧！」走筆至此，我不禁要羨慕楊德昌，何其有幸，擁有了世間兩位才情女子的真愛！他，這一生沒有白活！

馬英九與沈君山

馬英九總統的好友、早年被稱為國民黨「四大公子」之一的沈君山，二〇〇七年七月因第三度中風，迄今仍在病榻上昏迷不醒。

馬英九與沈君山相識於一九八八年沈君山入閣擔任行政院政務委員時，馬英九時任行政院研考會主委。兩人是常去政院餐廳吃二十五元一客午餐的「唯二」閣員。但沈君山當官不到一年就因俞國華內閣改組而下台，馬英九則繼續留任。沈君山離開政院打包時在馬英九的桌上，套用唐崔護〈人面桃花〉詩句留了一首詩：「君山英九辯三通，君山不知何處去，英九依舊笑春風。」

馬英九當時也馬上回了一首：「我陪你匆匆的來，又送你匆匆的走，廟堂十月，身朝言野，何嘗有意封侯？揮揮衣袖，甩甩頭，倜儻如昔，瀟灑依舊，只憾鈴聲漸遠，空留去思滿樓。」

隔了一年，內閣又改組，郝柏村繼任閣揆，馬英九原職不動。在野的沈君山打電話給馬英九，又是一首詩：「去年此日斗室中，君山英九辯三通，君山已去笑春風，英九依舊斗室中。」兩人詩來詩往，相知相惜，人一生中有這樣的知心好友，令人羨煞！

馬英九平時謙虛認真，但受到女性同胞歡迎時，仍不免露出得意表情。兩人還在行政院共事時，有一回，馬英九應邀到北一女中演講，回來時得意洋洋地對沈君山說：「連體育館走道都坐滿了人。」反應靈敏的沈公子回應：「她們是『看』你演講，不是『聽』你演講！」不過，在兩人同時出現的公共場合，馬英九受女性同胞歡迎的程度，讓沈君山也不得不承認，自己是「過時」了。

我採訪沈君山的次數不多，但印象深刻的有兩次：一次是他擔任政務委員時，保密前來加州結婚；另一次是他被動離開官場五個月後，來加州探訪親友。一九八九年三月三十一日，沈公子結束單身貴族生涯，保密到家的跑到洛杉磯和曾麗華結婚。結婚之前的幾天，他先來舊金山參加台大校友會舉辦的「杜鵑花城之夜」，晚會中有人問到沈君山何時結束單身生涯？沈公子語帶玄機地說：「『退職條例』已經通過。」當時，在座除了少數幾位幫他打理結婚相關事宜的至友，知道這句話的真正涵義外，其他人都不知，包括我在內。

當天晚會（三月二十六日）到十點多鐘時，我必須趕回報社發稿，離開前還問了沈君山一個問題：「接下去的行程要做什麼？」他說：「明天就離開舊金山去辦私人的事。」「結婚嗎？」我問。「噢！沒有。」他答。隔一天，台灣各大報紙頭條：「沈公子要結婚了。」我打電話責怪他的好友，怎麼沒告訴我這大消息。他好友說，晚會結束後，他們幾位知情的朋友一起去「續攤」宵夜，沈君山還說：「這《世界日報》記者怎麼消息這麼靈通，知道我要結婚！」他以為我已知道了，所以沒再告訴我。其實，天曉得，我是「瞎貓碰死耗子」，隨便問問，又趕著發稿，沒跟著他們一夥人去宵夜，一個大獨家就這樣「擦身而過」！如今回顧，還是懊惱當時的警覺心不夠！

一九八九年十一月，沈君山「無官一身輕」，再來舊金山。問他當了十一個月又十五天政務委員的感受如何？圍棋高手沈公子答：「政壇正如一盤棋，每個人都只是一只棋子，有需要時便被擺上棋盤，時機不對時便被換了下來。」他並未追究自己去官的真正原因。不過，他也承認，初聽到出閣時，的確有點意外（還是從電視報導中知道的），但基本上能夠官場「走一遭」還是感激。記得他說，之前也曾替政府處理一些「疑難雜症」，例如中美斷交後的關係、美麗島事件、陳文成命案及林義雄家血案等，但都以「私人」身分參與；不到一年的政務委員，既能參與，又能學習，他說，機會太好了。

下野後，沈君山仍主張知識分子應從政。記得他說，一方面政府有此需要，另方面對個人也是很好的歷練。關心國事的知識分子，在野時，只是從理性、主觀的角度看問題。如果有機會進入政府，能夠從實際、整體的角度看事情，對自己的成熟度和成長會有很多助益。

沈君山下台後接受台北一家雜誌訪問時曾說：「政治比較無情，絕不是骯髒（俞國華夫人在先生被迫從閣揆下台時，有感而發地說：『政治是齷齪的！』）它有它自己的規則，不能有情。它基本上是權力的遊戲，還不只是零和遊戲，有時你要害人家，才能往上爬，你既然要進入政治圈，就必須接受它的規則。」

數十年的記者生涯中，曾經採訪過不少台灣政治人物，沈君山是我所見說話最為坦率誠真者之一，而且灑脫幽默風趣。他在所著的《浮生後紀》一書中自述：「我的一生，橋棋方面，花了很少力氣，得到很大回報。教育學術，投入與收穫相當。唯獨兩岸，花了最大心力，三十年來衣帶漸寬終不悔，卻看不見驀然回首，那人卻在燈火闌珊處。」嘗自評：「『認知超先，經歷豐富，成果有限』，可惜政治的事，沒有成果就沒有意義。」

一九九九年六月，沈君山第一次中風後，就立下生命遺囑，授權指定人在必要時，可以消極或積極方式，協助他終止生命，有尊嚴的走完人生。據台北媒體報導，第三度中風的沈君山，現在昏迷指數是九分，對聲音已有反應，但離正常人的十五分仍有一段距離。但願老天疼惜這位一生才情橫溢的沈公子，讓他恢復清醒，繼續成全他「做我所能，愛我所做」的願景！

「街頭小霸王」林正杰

台灣前立委林正杰二〇〇七年八月參加一政論節目時，打了另一位來賓金恆煒兩拳，刑事部分他依傷害罪被判處拘役五十天確定；台北地方法院民庭並判他應賠償金恆煒一百萬元的精神慰撫金。

林正杰早年參加黨外抗爭及後來成立的民進黨活動時，總是一馬當先，素有「街頭小霸王」的稱號。想不到在天命之年還不改衝動急躁毛病，在電視現場直播節目中公然打人，即使理由再充足也說不過去。

我大概是除了林正杰家人之外，少數最早認識他的外人之一。我認識林正杰時，他才一歲多。不錯，是一歲多，而且是住在我們家裡。林正杰的父親林坤榮當時任職國防部情報局，他們一家五口租我們汐止住宅的房子。

說來林正杰的父親林坤榮，對我的念書反而有比較多的影響。林正杰一家租我們房子時，他爸爸只有在週末時才回家看妻兒，平時住國防部宿舍。我那時念初中，功課不錯，林正杰的哥哥、姐姐卻不怎麼用功。所以，他父親回家後就要我幫忙替他兩個大的孩子補習國文。這兩個孩子對念書好像腦袋少了一根筋。我教他們ㄅㄆㄇㄈ，他們像和尚唸經一樣，跟著唸ㄅㄆㄇㄈ。唸了幾遍之後，我不按秩序隨便指哪個注音符號，他們就都「嘸宰樣」了。再教幾遍，還是一樣。他爸爸在一旁看了火大，像對囚犯用刑一樣，把孩子雙手大拇指吊起來毒打一頓。不過，再怎麼打，這兩個孩子念書始終進不了情況。他爸爸對我的念書，也很關切。我媽媽那時不喜歡早起做早餐，就叫我起來做。林坤榮就對我媽說：「妳女兒每天念書念那麼晚才睡覺，妳還要她那麼早起來做早餐，她睡眠會不足。我媽聽了，從此豁免我做早餐。

然後，有一天，我經過他們的房間門口，門開著，林坤榮半躺在床上，雙手捧著頭，叫住我沒頭沒腦地說：「記住，妳初中畢業後，要叫妳媽讓妳念高中。高中畢業後，要叫妳媽讓妳念大學。」我那時一頭霧水，覺得高中、大學是很遙遠、遙遠以後的事，點點頭就走開了。

接下來，第一個星期、第二個星期，連著三個禮拜我都沒看到林坤榮回家看妻小。問他太太：「妳們林先生怎麼沒回家？」林太太說：「他出差到泰國。」再過一個月，還是沒回來，他太太說：「他到敵後工作。」問清楚，什麼是「敵後工作」？原來是潛入大陸做情報工作。以後漸漸得知，林坤榮潛入大陸約一年多，身分暴露就被老共逮了，並關押在新疆勞改多年後，再讓他回福建東山老家居住。一九八三年四月，華航阿姆斯特丹航線首航，我在台北飛往阿姆斯特丹的首航班機上，看到《聯合報》刊登林坤榮獲准回台的消息。那時距他潛入大陸，已整整二十七年。而他之所以能夠回台，還是因為兒子林正杰當立委的關係，享有「特權」。其他為數不少的「敵後」工作者，在大陸被俘關押一、二十年後，老共放他們走，而當初派他們去執行任務的國民黨政府，卻不讓他們回來。最著名的實例是，黑貓中隊的葉常棣和張立義。

為什麼說，林正杰爸爸對我念書有些影響？我小時家貧，父母忙著工作「顧三頓」，家人從沒鼓勵我念書，沒人期望我升學。只有林正杰爸爸希望我念完初中後，升高中，再進大學。我就鼓勵自己不要辜負他對我的期望，終於一路念到大學畢業。

林坤榮奉派潛赴大陸一年多後，林太太接獲國防部通知說「林坤榮在大陸失蹤」。之後沒多久，他們一家就搬離我家住到國防部板橋的宿舍。

一九八四年，我來美前，一直住台北市跑新聞，卻從來沒有碰到過林正杰。他是民進黨初創時唯一的外省籍黨員（福建東山，講閩南話），他和著名民歌手楊祖珺的結婚與離婚，他的「街頭小霸王」的作為等等，我都是從報紙上看來的。前年回台時，與我親家談起林正杰小時候住我家事，親家認得他，問我要不要見，我說好，特別想看他爸爸林坤榮。聯絡結果，得知他爸爸已在兩年前過世；林正杰那時人在大陸做生意，也沒碰到面。人生的際遇就是這樣，一切要隨緣！

「黑蝙蝠」中隊——未能報導的獨家

二〇〇七年六月五日，台灣清華大學和新竹教育大學「思沙龍」合辦的「黑蝙蝠在新竹／向勇敢的人致敬」，邀請了一九七三年就已經解編的空軍「黑蝙蝠」中隊老隊員、遺眷及眷屬等四十多人，聚會於清華園，接受一千四百位新竹地區學生與民眾的致敬。

半世紀前，這批駕駛低空偵察機進入中國大陸、為美國蒐集情報的台灣空軍，雖然犧牲慘重，但在政治禁錮的年代，他們當時執行的「祕密任務」，數十年來都不能張揚。這次民間的公開致敬活動，使幾近被遺忘的「黑蝙蝠」事蹟，終於可以透過媒體報導，讓民眾知道有過一段時間「台灣天空的祕密」。

其實，如果不是政治禁錮的話，至少在三十年前，「黑蝙蝠」中隊事蹟，就會為台灣社會大眾所知。因為，它是我記者生涯中獲得的重要獨家新聞之一，「重要性、可讀性及親近性」兼具，卻被迫不能報導。當時的感覺就像是被人掐住脖子、摀住嘴巴，你不能動筆，你只能暗罵三字經，抑壓報導獨家新聞的衝動。如今回想，仍然為之扼腕。

一九五〇年，韓戰爆發後，美國才意識到台灣地理戰略位置的重要性。冷戰時代，美國為監控中共軍力，與台灣進行軍事合作，美方提供飛機、偵察裝備等設施，由台灣飛行員飛大陸執行偵測、蒐集情報等任務，所得資料，雙方共享。一九五二年，美中央情報局人員以「西方公司」名義派駐在新竹空軍基地；中華民國空軍在新竹基地成立第三十四中隊，以低空偵察機飛大陸進行偵測任務，因為飛行員都是在夜間出任務，所以名之為「黑蝙蝠」；一九六〇年後改用U2高空偵察機，飛行員隸屬空軍三十五中隊，又稱「黑貓」中隊。

從一九五五年到一九六八的十四年間，黑蝙蝠總計執行任務八百三十八次，犧牲的飛行員中，有一百一十二人的骨灰或衣冠塚葬在碧潭空軍公墓。據了解，到一九七三年黑蝙蝠解編時，犧牲人數達一百四十八人。他們生時不能公開祕密任務，出事時往往不知失事地點，殉職後當然也沒有公開的葬禮；一九七五年，美方結束台、美軍事合作計畫。黑貓U2高空偵察機共被中共擊落六架，第一位犧牲的飛行員，就是本名「陳懷」、在殉職後被蔣介石總統改名的「陳懷生」。當時國民黨政府還宣傳說，陳懷是飛機被中共擊落後「自殺身亡」，「不成功便成仁」。但前黑貓中隊隊長楊世駒說，沒這麼一回事，陳懷飛機被中共砲火擊中死亡。

我在一九八〇年四月首次從華航的飛行員口中，得知黑蝙蝠中隊的事蹟。一九五九年，在空軍情報署署長衣復恩將軍一手主導下，利用空軍二、三十架飛機成立航空公司，對外包攬生意，當時用的名字包括：「大華」、「國泰」、「中國」等，最後才是「中華航空公司」。華航草創的第一年專做包機及情報蒐集業務，飛行員還是以黑蝙蝠中隊為班底；據參與華航草創時期的飛行員說，剛開始賺不到什麼錢，「公司」隨時可能關門。有人甚至考慮去運鴉片，被衣復恩知道後嚴厲禁止。華航第一年在寮國賺了幾萬美金，錢拿回台北，衣復恩高興地跳了起來，大叫：「我們有救了！」

一九六五年，越戰爆發，華航承攬北越地區補給品及人員空投業務，飛行員都是冒名飛北越。到一九六八年，華航在越南共損失十架飛機，四十九人死亡，北越的任務才交由軍方的黑蝙蝠中隊繼續執行。

黑蝙蝠中隊執行大陸任務時，使用的P2V低空偵察機並沒有武器裝備，換句話說，它只有「偵測」能力，面對敵機攻擊時，飛行員只有設法「逃」。祖籍江蘇的黑蝙蝠中隊隊員戴樹清，總計執行祕密任務七十八次。他是唯一「誘敵」成功，造成一架中共軍機撞山失事、而自己脫逃成功的黑蝙蝠飛行員。二十多年前，多次聽到他講怎麼擺脫中共軍機追打，怎麼「引誘」老共飛行員撞山，總是意氣風發，得意非常。然後，就像其他飛行員談起他們曾執行的祕密任務一樣，最後一定特別交代：「記住，這是不能寫的！」這個約束，對於一個努力挖掘「獨家新聞」的記者來說，是多大的一個折磨！

兩位U2「黑貓」中隊飛行員葉常棣和張立義，分別在一九六三年及一九六五年執行任務時遭中共砲火擊中，僥倖逃生，但被中共軟禁及勞改，滯留大陸二十年，於一九八三被釋放到香港。而當年派他們飛大陸出任務的國民黨政府此時卻不認帳，拒絕他們回台灣。我在一九八三年八月十八日的日記上寫著：

> 今天中午與華航飛行員楊世駒（前黑貓中隊隊長）共進年餐，他談及葉常棣、張立義被拒回台事，曾向空軍總司令烏鉞求助，烏鉞卻叫他不要管這檔子事！

楊世駒利用飛舊金山機會，向以前的中情局同事求助，他們很快地同意由香港的中情局單位派人去探望葉、張兩人，見面時就先給每人二千美金，也幫他們辦到美國定居的證件。楊說，如今他也想開了，做了自己該做的事，平平安安過日子就很滿足了，想想當年如果是他自己被打下去……。

記得，我當時聽了義憤填膺，痛罵國民黨政府，這樣對待為國賣命的軍人，什麼「主義、領袖、國家」？以後誰還肯掏心撕肺為國效命？

「你聽聽就算了，這不能寫。」楊世駒也這麼交代。

台灣媒體曾報導，葉常棣、張立義兩人得以來美定居，是當時國家安全局駐美特派員汪希苓牽的線。我過去未曾聽過這樣的說法。後來，我看鳳凰衛視製作的《台灣天空的祕密》——一部關於衣復恩、黑蝙蝠中隊、黑貓中隊事蹟的紀錄片，葉、張兩人在紀錄片中受訪時提起這一段，他們也是感謝前隊長楊世駒當時不畏政治壓力，極力幫忙，他們才能夠來美定居。

當年也曾聽說，負責執行黑蝙蝠中隊、黑貓中隊飛行計畫，並創立華航的關鍵人物——空軍情報署署長衣復恩將軍，與蔣經國的關係Buddy、Buddy。蔣、衣兩人在私人場合喝酒，有次喝多了發酒瘋，衣復恩脫光上衣，兩人在地上打滾。但在一九六六年九月九日，衣復恩從他軍旅生涯中最風光得意的高峰上，剎那間跌入谷底，他被拘禁，未經審判坐了一千零六十六天的牢，也結束了他三十三年的軍旅生涯。

《台灣天空的祕密》紀錄片中受訪人物中，有多位三十多年前我就熟識，或訪問過的人物，像黑蝙蝠的戴樹清、劉蘇鍾；黑貓的楊世駒、華航創立時飛PBY、俗稱「水鴨子」的第一位駕駛練正綱、前空軍情報署處長虞為、曾任蔣介石座機副駕駛、綽號「狗熊」的孫吉棟等；我和葉常棣、張立義兩人沒見過面，但一九九〇年他們獲准從美國回台時，經由電話訪問，報紙的標題是：「黑貓」終於回家了。

沒有在紀錄片中受訪的黑貓隊員，我曾經訪問在華航任職的錢柱。一九八二年十月三一日，他飛漢城接運駕駛米格機投奔自由的反共義士吳榮根來台。黑蝙蝠與黑貓隊員執行祕密任務的故事，足夠寫一大本書。但在那個檔案封鎖的時代，「台灣天空的祕密」被牢牢地禁錮起來，我也失去了一個新聞記者想方設法、致力追求「獨家報導」的機會！

關於衣復恩坐牢的原因，三十多年前我曾聽到一些正負兩面的說法，但無法求證它的真偽，更不能當新聞來寫；二〇〇五年四月九日，衣復恩因血癌辭世，享年九十歲。《台灣天空的祕密》紀錄片中說，衣復恩至死不知他坐牢的真正原因。我想，他是知道的！但他選擇「靜默」，將「祕密」永遠帶走，留給世人無限的想像空間！

「胡士托」風波再起

奧斯卡金像獎導演李安執導的*Taking Woodstock*（中譯《胡士托風波》），二〇〇九年八月底在美國各大城市戲院公開上映；而這年也是「胡士托」嬉皮搖滾音樂會的四十週年紀念，美國各大電子及平面媒體，都分別做了回顧報導，將觀眾讀者帶回一九六九年夏天，在紐約上州的Bethel小鎮，一場長達三天、人數空前眾多的嬉皮搖滾音樂會現場。透過畫面或文字，讓大家了解，儘管當年會場年輕人公然做愛、吸食毒品、藉歌聲反戰等種種顛覆世俗作為，音樂會卻能奇蹟式地和平落幕，締造了上一世紀六〇年代嬉皮運動的歷史傳奇。

一九六九年八月十五日至十七日的「胡士托」音樂會，有珍妮絲・裘普琳（Janis Joplin）、吉米・漢崔克斯（Jimi Hendrix）及卡洛・桑塔納（Carlos Santana）等著名搖滾歌手的演唱，吸引了四、五十萬來自全美各地年輕人的參與。他們透過音樂呼籲反戰，倡導愛與和平。音樂會舉行期間，天空不作美，大雨傾盆，遍地泥濘，交通阻塞長達二十英里。原本要收門票，但擋不住湧進的人潮，只好將演唱會場——一處農場的圍籬拆除，不管有票沒票都可以進場。音樂會整個過程非常平和，沒有發生不幸事件，讓外界跌破眼鏡，成為意義特殊的歷史事件。

我的嬉皮朋友麥可，每次提及「胡士托」音樂會，對自己當年因「判斷」錯誤，以致缺席這場空前盛大的音樂會，就悔恨不已：他出生於紐約上州，家鄉距「胡士托」舉行地點Bethel，只有十英里。一九六七年他中途棄學前來舊金山參加「夏日之愛」（Summer of Love）活動後，就決定不回東部。他那當警察的老爸，就跟當時家有嬉皮孩子的美國家長一樣，看不慣兒子奇裝異服、留長頭髮、吸食大麻等叛逆作為，導致父子親情降至冰點。

「胡士托」音樂會舉行前兩個星期，我的嬉皮朋友麥可帶了女伴回家鄉住幾天。雖然，有同儕要他們留下來參加音樂會後，再回舊金山。但，當時他想：舊金山才是嬉皮活動的「聖地」，「胡士托」音樂會是在鄉下一個農場舉行，還會好到哪裡去？音樂會舉行前幾天，他開車走洛磯山脈回到西岸。事後看到新聞報導發現，這場搖滾音樂盛會，比一九六七年六月在金門公園舉行的「夏日之愛」音樂會，規模還要大，人數還要多，當時真是痛心不已。身為嬉皮的一分子，自己竟與這個意義特殊的歷史事件擦身而過！

不過，「有失亦有得」。麥可說，「胡士托」音樂會，因為入場的年輕人多達四、五十萬人，當局唯恐發生意外，附近鄉鎮的警察都被調去負責現場維安工作。他那警察老爸事後說，音樂會開始前，他不敢想像這些吸食大麻的孩子們，會不會發狂而攻擊警察？所以，事先考察地形，想好對策，只要一看情況不對，就準備脫下警察制服，跳到水塘裡，混在一大票在水塘裡裸體嬉戲的年輕人當中，來個「金蟬脫殼」逃生。

三天的音樂會，大雨滂沱，會場遍地泥濘。很多年輕人沒有食物吃，沒得衣服換，狼狽不堪。看到這情況，麥可說，他老爸這時想起了他這個嬉皮兒子。「這四、五十萬年輕人參與的音樂會，儘管很多人奇裝異服，吸食大麻、公開作愛等叛逆作為，卻都沒有鬧事，這樣看起來兒子當嬉皮，也不能說他是『變壞』了！」

警察父親從此刻起，改變了對嬉皮兒子的看法。「將心比心」，於是，他帶了幾位年齡和兒子相彷的年輕人回家，做三明治給他們吃，還讓他們洗澡換乾淨的衣服，並坦然向這幾位年輕人承認：「是的！我也有一位和你們一樣的嬉皮兒子！」

麥可說，直到警察父親過世後，他才從長輩口中得知，父親生前常跟他們說：「我以兒子為榮！」

自一九六七「夏日之愛」音樂會後，麥可留下來舊金山定居至今。他父母已於一、二十年前分別過世，雖然姊姊等全部親人都還住在家鄉，他卻很少回去探望。今年八月初，他做了十年以來的第一次返鄉之旅，並特別到訪他四十年前錯過的「胡士托」音樂會農場，為我帶回來有關「胡士托」音樂會四十週年活動的海報資料等。

麥可說，原是貧瘠農村的Bethel，因為「胡士托」音樂會，現在已成為當地觀光景點。當年舉行音樂會的農場，現在還是圍起籬笆，一大片青草地，但只供遊客在圍籬外「觀賞」，謝絕進入；在農場外圍處，增建了一個博物館（The Museum at Bethel Woods），蒐藏有一九六〇年代嬉皮運動產生的時代背景、「胡士托」音樂會舉辦的由來、當時演唱的音樂、年輕人的「時尚」等所有關於嬉皮的資料，包羅萬象，應有盡有。

「現在農場的主人發財了！」麥可說，他到訪那天非假日，遊客很少，居然碰到博物館的主管，並有機會聊了一下。博物館的主管提起：「農場主人有生意頭腦，他不但買下一直乏人問津的農場，還買下周遭的農地，總計二千英畝。除了保留當年音樂會的現場外，增建的博物館，以蒐藏、展示並販售六〇年代嬉皮運動的相關資料及紀念品來吸引遊客。」此外，又設立Bethel Woods藝術中心，三不五時邀請當今著名流行歌手前往演唱。麥可說，才幾年時間，農場主人已經財源滾滾，躋進富豪階級了。

「猜猜看！這個博物館主管的背景？」他送給了我一個從博物館買來有「花的力量、音樂、愛與和平」字眼，及慶祝「和平與音樂」四十週年的鑰匙鍊後說。

「一個嬉皮？」我的聲音不是很肯定。

他搖頭，然後說：「一位越戰退伍軍人！」

答案有點諷刺性！這博物館主管告訴麥可，「胡士托」音樂會於六九年八月舉行時，他正在越南戰場上打越共，拼死活！當年他參戰無緣參與嬉皮運動，現在卻靠反戰的嬉皮活動的歷史痕跡賺錢謀生！

從二〇〇九年七月中到八月底，農場分別邀請不同的老、新樂團、知名歌手舉行一連串的演唱會，讓如今已是耳順之年的老嬉皮前來緬懷年少輕狂時的顛覆作為，更期待差不多隔了兩代、現在沉迷於網路的年輕朋友藉此歷史事件，認識嬉皮們曾經擁有的夢想！

「胡士托」風波已經再起！

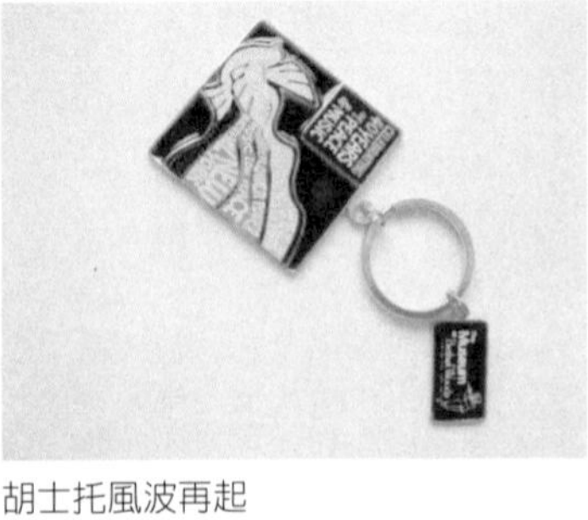

胡士托風波再起

憶「新聞人」馬星野

一九六五年夏天，我自國立政治大學新聞系畢業後，即進入新聞界工作，至二〇〇五年退休。一輩子只從事一種職業：新聞記者，但曾在不同的媒體服務。而已故新聞界前輩馬星野先生，生前為人處事，謙謙君子之風，是最令我懷念不已的長官！

政大畢業後，我進入的第一個新聞機構，就是中央社，馬星野先生時任社長。有一天，中山堂舉行一個什麼大會，馬星野先生也出席了。凡是他出席的場合，他都很注意中央社記者的表現，包括穿著是否得體。當天，中央社攝影記者穿著背心拍照，馬星野看了認為很不得體，但他並沒有當場責備。第二天，他在社內宣布，所有的外勤記者，由報社贈送每人一套西裝，女記者沒有規定做西裝，但給同額的錢自行採購衣服。

當時，男記者每人每套西裝是新台幣一千三百元，我領了同額的錢去買了一件大衣。那時期，一般的薪水都不高，中央社其他部門員工看到採訪組記者有報社贈送的西裝，都很眼紅，但也不敢公開表示抗議，因為馬社長說：「記者出去採訪是代表中央社！」從那時候起，到後來轉戰不同的新聞單位，四十年來，我去採訪時總是很注意穿著是否得體！早期台灣社會，職業婦女穿長褲上班的也很少。我在中央社工作的前幾年，冬天天氣再冷，我也不敢穿長褲上班。

馬星野社長任內，還有一項創舉：即利用甄選方式錄用記者。據我所知，中央社在台北錄用記者，原來都是對外招考（也許有人例外）。但在他社長任內，首次以甄選方式，同意政大新聞系、師大英語系和社教系新聞組、台大相關科系，以及世界新專（現升格為大學）應屆畢業生成績前三名者，如有意願到中央社服務，不須經過考試，就可受聘擔任記者。中央社首次透過甄選進來的記者群中，包括有不幸英年早逝的前國民黨彰化縣黨部主委賴吉容等。

馬星野社長掌理中央社時，也經常讓中央社記者在外面採訪時覺得很有「面子」。有他在的場合，他一定會把記者找來，介紹給主辦單位或受訪者，並且一定會說：「他（她）是我們中央社表現最好的記者！」一句簡單嘉勉的話，讓記者在外面很抬得起頭來，走路都有風。無形中，也促使記者自我鞭策，努力將工作做好。

另一件事，則令我終生難忘，並且感激馬社長的大公無私。我服務期間，中央社在石牌蓋了員工宿舍，各單位員工根據服務年資、服務成績及職位等，可申請分配宿舍。「國內新聞部」（前身即「採訪組」）夠資格申請者，我應排名第一。可是，社裡另一位高階長官居然堅決反對，認為：「女記者結婚了，應該住到夫家去，還分配什麼宿舍！」馬星野社長不以為然，他說，男女記者跑新聞盡同樣的義務，就應享有同樣的權利。我因此得以分配到宿舍，直到離職才退還。

浪跡新聞界數十年，馬星野社長是我所碰到最好的長官之一，儘管他離世多年了，至今仍令人懷念不已！

中央社憶往——之一

我大學畢業後的第一份工作是擔任中央通訊社記者。在長達十一年的工作期間，撇開採訪任務外，在社內最有意思、最感人興趣的事是，聽中央社前輩或資深記者「講古」。

當時，中央社台北採訪政府各部會、局處的記者，由採訪車司機於每天下午六、七點鐘接回社後，七點在社內餐廳一起晚餐。這正是我們資淺記者聽資深中央社人「講古」的最佳時機。他們所講私事、公務都有，內容包羅萬象，趣味橫生。三、四十年過去了，當中多人也已往生，但於我而言，至今仍歷歷在目，恍如昨日。

猶記得，有位老編輯石玉圭先生，因為他在台孑然一身，儘管他當時已經退休了，仍舊住在松江路中央社大樓的單身宿舍裡，每天免費到餐廳吃飯。石老編輯三不五時就提「當年勇」。他說，他擔任中央社「華中八省」（？）特派員時，每一位新到任的省最高長官，第一件要做的事，就是「拜會」他這個中央社特派員。因為當時電訊不發達，只有總社設在首都南京的中央社，有電訊設備可通達全國各大城市。中央政府發布命令給省市政府時，也需透過中央社轉交。所以，身為中央社特派員，社會地位崇高，官員不敢不買帳。

在台北才加入中央社陣容的曲克寬先生說，他跑外交時，有一年，駐美大使葉公超奉命返國述職，在松山機場，當時台北各大媒體等著他發表談話。葉公超下機後，眼睛掃過所有在場記者開口問道：「中央社記者在嗎？」曲克寬說，他趕緊舉手應聲。葉公超從口袋裡掏出一紙書面聲明給他，不顧在場其他記者提問，就上車揚長而去。

一九五〇年代，中央社社風還是非常保守，暮氣沉沉。曲克寬是第一位顛覆傳統穿花襯衫進中央社跑新聞的記者。一九五四年，他台大外文系畢業後，熱衷演戲，曾錄取中影演員訓練班。同期錄取者，有「最美麗動物」之稱的張仲文。曲克寬接到中影演員訓練通知時，服兵役的命令也同時到達。從此，他與演藝生涯擦肩而過；服完兵役後，他先在台美軍顧問團工作，當時月薪新台幣二千七百元。看到中央社招考記者，報名投考獲錄取。口試時，人事主任問他：「中央社記者月薪只有九百元，比美軍顧問團待遇差很多，你為什麼要來中央社？你會做很久嗎？」

曲克寬回答說，美軍顧問團是幫外國人做事，中央社是幫自己人做事。至於會做多久？「那我現在怎麼知道？我還沒開始做呢！」曲克寬一做數十年，曾任中央社駐非洲衣索比亞、韓國首爾（漢城）、日本東京和美西特派員、總社總編輯及副社長等職，直到退休。二〇〇一年，在舊金山病逝。他的女兒曲艾玲，倒是進了演藝界。柏克萊加州大學畢業後，她回到台灣，擔任電台及電視節目主持人。

每年九月二十八日教師節，老蔣總統暨夫人必定在陽明山中山樓，宴請數百位全國優良教師，只准中央社派記者採訪。這是我的任務。當天，從台北中山北路到陽明山，一路上增加憲兵監管。中央社有一輛採訪車是黑色的軍用吉普車，與當時憲兵所用的車輛相同。所以，一路上，憲兵總對我們的採訪車敬禮。我這從未受過軍事訓練的「老百姓」，當然毫無反應。一旁司機則大叫：「憲兵在跟你敬禮啦！」我趕緊回頭一看，憲兵已經在幾百公尺之後啦！

這輛吉普車還真管用！有一年，蔣夫人宋美齡女士訪問美國後返台，台北沒有一個新聞機構獲准採訪，包括中央社在內。中央社另一位女記者黃肇珩，當天就搭乘這輛吉普車，沿路向負責監管的憲兵搖晃著一般的記者證，大膽成功地闖入松山機場。雖然不能直接採訪蔣夫人本人，但可以描述她回國下機的過程。

我很幸運地在中央社最「輝煌」的時代，參與或見證了不少歷史事件的發生！

中央社憶往——之二

我在一九六〇年代後期，進入中央社國內新聞部（內部組織改組前的「採訪部」）擔任記者。國內部成員當時大概有一、二十人吧，我和黃肇珩是「唯二」的兩位女記者，她比我早進中央社服務。我們聚餐時一定要喝酒，有新進記者來時更要順便「考酒量」。記得，國內部歡迎我的餐會是在中山堂對面的「山西餐廳」舉行。當天，我喝了八杯紹興酒，也沒醉，只是覺得頭有點痛。

每人酒量的大小並不是重點。讓我迄今印象深刻的是，每個人的酒品，各有千秋。當時，國內部有聚餐時，一定同時邀請總編輯、我們稱呼他「沈老總」的沈宗琳先生參加。只要幾杯酒下肚，回到社內，沈老總常常站上凳子，即席發表「英語」演說；國內新聞部主任彭清平時一副撲克牌老K臉孔，不苟言笑。喝酒之後，就慈眉善目，眉開眼笑，在辦公室晃來晃去，找人搭訕。有一次，我就聽他對記者張繼正說：「你這件小棉襖好漂亮噢！」

曲克寬大概是國內部酒量最差的一位！而且酒後的行為表現，跟他平時「溫文儒雅」形象，大相逕庭。如不是親眼目睹，一定不會相信。有一回，我們在南京東路靠林森北路的一家餐館聚餐，他才一杯下肚沒多久，忽然出拳揍了黃肇珩一拳；餐後，他夾住我一隻路膊說：「走！我們走路回中央社！」可憐我踩著三吋高跟鞋，不敢反抗，乖乖地跟他從南京東路一直走回松江路報社！

另一回，也是酒後，曲克寬坐在彭清主任桌前的沙發椅上，一再對彭主任說：「想當年，我是中央社記者中的佼佼者，現在你看！我像什麼……」我們都心知肚明，中央社組織未改組前，曲克寬是採訪部主任（一九六五年改組之前）。宣布改組時，曲克寬與其他報社跑外交的記者正在環球旅行採訪，等回國後發現，職務已從「採訪部主任」變為「國內新聞部副主任」；彭清則成為「副總編輯兼國內新聞部主任」。曲克寬成為彭清的得力助手。也因此，每逢有國外特派員缺，特別是好地方如巴黎、美國大城市的缺，因為彭清不放人，反而輪不到他，儘管他英文也是刮刮叫。他第一次外派時，不但比資淺同仁晚，而外派國家是非洲的衣索匹亞，貧窮落後且政治動蕩不安。好像只待了八、九個月，國王就被推翻了，他也打道回府。

于雪珍台北師大社教系新聞組畢業後，晚我幾年進中央社擔任記者。她首次參加國內部同仁聚餐時，用高粱酒乾杯，不知喝了多少杯，還若無其事，令男記者大開眼界。事後，他們以「江湖女俠」綽號稱呼她。但不久，她和後來成為她先生的楊楚光很快陷入情網。從那時起，不論同事如何激將，她滴酒不入。

汪萬里大概是國內部記者中酒量最好的一位！他喝酒的姿勢很特別：拿起酒杯，張開嘴巴，好像直接將酒倒進喉嚨，並沒有經過舌頭嚥下去。有一次，他應邀訪問韓國，用碗和一桌子「阿里郎」拼酒。最後，以擅飲聞名於世的「阿里郎」一個個倒下，汪萬里毫髮無傷凱旋而歸，為台灣爭光！

國內部副主任胡黎明即使喝得爛醉，腦袋還是清醒得很，不會因此寫稿誤事。聽曲克寬提起，八二三砲戰時，胡黎明採訪國防部軍事記者會，回社時已喝得爛醉，無法提筆寫稿。胡黎明頭趴在桌上對他說：「克寬啊！我說，你記！」新聞內容有一大堆關於砲戰的數字。曲克寬說，他戰戰兢兢幫忙寫完稿，心裡忐忑不安將稿子發了出去。心想，明天如發現中央社的稿子內容與各報不同，胡黎明恐怕要吃不完兜著走！第二天對稿，胡黎明爛醉中所說新聞稿內容，全部正確！由此可證，胡黎明即使酒醉，也不會誤事！

中央社國內部記者那時陽盛陰衰，我們經常有聚餐喝酒的機會，那真是工作之餘最快樂的時光！曾經有人問我：「你酒量好不好？」我總大言不慚地說：「沒醉過！」

抗日期間加入中央社的第一位女記者，後來成為飛虎將軍陳納德夫人的陳香梅女士，於1960年代後期訪問台北中央社，受到馬星野社長夫婦等同仁的親切歡迎。圖左起：英文部主任黃慶豐、總編輯沈宗琳、社長馬星野、陳香梅、副總編輯胡傳厚、馬星野夫人、記者黃肇珩、我、董觀淑及副總編輯彭清。當時黃肇珩正懷第二胎，女兒馬中珮出生成長後十分傑出。現執教於柏克萊加州大學，是位知名的天文學家

放下

清晨開門正準備到公園運動，看到隔壁日裔喬治的太太雪子也正要去遛狗。聽到我的開門聲，她又走回來對我說：「喬治昨夜三點多走了！」她說話聲音一向略微高亢，但臉上表情依舊保持日本人慣有的禮貌微笑著。她說這話時，平靜如常，旁人聽來，或許以為喬治昨夜三點出門去了。

我知道，被癌症折磨不堪、選擇臨終在家安寧離去的喬治，終於走完他人生的最後一段路程！才五十四歲，正值盛年。

「妳要看他一下嗎？」雪子問。

「當然！」我跟著她進門。

喬治躺在客廳一張醫療床上，棉被蓋到頸部，臉部並沒有像醫院對不治病人用白被單蓋住。喬治的兩個女兒也分別在客廳兩張躺椅睡著，雪子原想叫醒她們起來跟我打招呼，我連忙搖手阻止。

雪子幾乎是帶著欣慰的口吻說：「他看起來很安詳，就像睡著了。終於解脫了，不必再受癌症折磨。」她告訴我，喬治遺體還會留在家裡一天，然後安排火化，骨灰將放在日裔的寺廟靈骨塔裡。

大約三年半前的某一天，在家門前碰到喬治，看到他只睜開左眼，右眼卻緊閉著，問他怎麼回事？他說，在鼻竇部位發現腫瘤。據醫學統計，百分之九十九的鼻竇腫瘤都是良性的，偏偏他是屬於百分之一的惡性。喬治當時還說，全球只有十多個病例。住進凱撒醫院治療，他是該院有史以來第一個病例。手術摘除腫瘤後，還要接受電療、化療。

我這才發現，他右眼的上下眼瞼是縫死的，再也不能睜開，右眼球已經摘除。而摘除右眼球是為了防範癌細胞擴散。

一九九九年，我罹患乳癌，也是經過手術、電療及化療西醫治療三部曲，幸運存活至今。當時，我以自己癌症倖存者為例，鼓勵喬治樂觀面對。雖然化療過程很難受，但他一定可以克服。

喬治在加州金山灣區阿拉米達縣政府工作。完成化療療程後，他恢復上班，每三個月到醫院做追蹤檢查，癌細胞總算控制著，沒有在體內四處竄跑。大約一年前，他告訴我，肺部發現有黑點，需要再做化療。這期間，我看他繼續上班，清晨外出運動，不像個癌症纏身的病人。

我們這個社區的房子，全是Townhouse。大約十年前，喬治買下隔壁房子與我為鄰。他們有兩個女兒，才上小學。太太雪子在先生罹患癌症前，是位純家庭主婦，經常看她在前院整治花草，澆水，每一季種植不同的各色草本花卉。他家園地花草永遠欣欣向榮。我不是「綠手指」，什麼植物在我手下，必死無疑。我一度想告訴雪子，我家前院也歸她隨意處置好了。喬治罹癌後，雪子開始到附近的一家日本超市打工。

兩個月前，我在車庫前走道碰到喬治，問他：「最近好嗎？」他很平靜微笑著說：「癌細胞已擴散到全身了，醫生估計我還有一個月可活。我決定不再做任何的治療，選擇在家安寧去世！」

因為太突然，太震驚，兩人用英語交談，我以為我聽錯了，再問一次。他微笑點頭。我頓時眼眶泛紅，他拍拍我肩膀安慰，好像臨終的人是我！我問他：「你太太及女兒她們怎麼想？」喬治說，都跟她們溝通好了，要她們跟平常一樣過日子。「如果她們做不到，我不會放心走！」我只能說，醫生的話不一定正確，有時候，病人堅強的求生意志，可以活得更長些！

那是八月中旬說的話！雪子告訴我，喬治希望能活到感恩節，再看一次大女兒。她大女兒今年上洛杉磯加州大學一年級，感恩節學校放假才可以回家。從喬治決定放棄無用的治療，選擇在家安寧離世後，雪子也向她工作的超市請假，全心陪伴先生走到生命的盡頭。

在美國，因為特別重視個人隱私權，與喬治一家為鄰十年，我們都是在門外不期而遇時才交談，鮮少登堂入室「串門子」。因此，當他們夫婦坦誠相告一般人常忌諱的病情時，令我十分震驚！腦袋停頓，一時無法反應，只能回答：「需要我幫助時，儘管開口。」

喬治在家安寧期間，雪子照樣忙進忙出，料理家務，接送小女兒上下學，前院花草不缺照顧，依舊生氣盎然……，唯一差別的是，住在鄰近的喬治父母親及弟弟，較平時多來探視；醫院護理師每天都會出現一下，但這些過程，都十分安靜進行，沒有驚動他人。起初，我偶而還聽到喬治間歇性的咳嗽聲，接著，咳嗽聲也沒了。雪子後來說，喬治大部分時間都在昏睡狀態中，因為注射嗎啡的關係，減少他生理的劇痛。

我不了解日本人的習俗，對家有臨終病人如何看待？雪子讓我看喬治遺容時，她告訴我，喬治遺體會留在家裡一天，然後安排火化，最終骨灰將存放在日裔的寺廟裡；從喬治告知我，癌細胞已擴散那一刻起，到放棄治療、選擇在家離世等等，前後大約一年時間，我沒有看到他們家的任何一人掉下一滴眼淚，包括喬治的母親在內。喬治在家安寧期間，老太太每天帶來親自烹煮的菜餚，希望「有媽媽味道」的食物，能提升兒子的胃口，延長兒子存活的日子。老太太每次碰到我，雖是無奈、但不失禮節地說，喬治情況越來越差了！她還為佔用我家車道頻頻道歉。喬治去世的當天下午及晚上，有親友陸續前來悼念，都是非常安靜不喧嘩。晚間約十點，突然聽到從他們家裡傳出像孩子們開派對的嘻笑聲！我心想，這豈不是「吵死人」！還好，一、二十分鐘後就趨於靜寂了。大概孩子們是跟著父母來看喬治最後一眼。

「死亡」這一嚴肅課題，多少人難以面對，卻都不能避免。雖說當今醫學進步，很多疾病得以治癒，讓人延長壽命。但，「生老病死」是大自然法則，醫學再發達，科技再進步，人類仍無法長生不老。我想，如果能夠「放下」對人世間的種種執著，包括自身肉體在內，幸福感應該不求而至。

喬治了解藥石再也不能幫助他時，毅然接受大自然法則，「放下」無謂的治療，要求家人不帶哀傷的繼續往前走！而他家人也順應大自然法則，勇敢地接受至親將永遠離去的事實！

我希望，有天當大限來臨時，我和我的家人都能「放下」人世間種種罣礙，不拖泥帶水、灑脫如英國前首相邱吉爾所說的：「酒店關門時，我就走！」

瞬間抉擇的膽識與勇氣

二〇〇九年一月十五日，在紐約哈德遜河創造安全迫降奇蹟的美國航空機長沙林柏格（Charsley B. Sullenberger），二十四日回到他在加州丹維爾的家，面對當地五千多歡迎的人群，他只輕描淡寫地說：「這是經驗豐富的機組人員，被安排在這特定的日子駕駛特定的班機。我知道我可以代表整個機組人員告訴你們，我們只是在盡我們的職責。」

沙林柏格的這場簡短講話，是他將美航一五四九號班機緊急迫降在紐約市哈德遜河面，使機上一百五十五人全部獲救後的首次公開講話。他因在這次瞬間急難所表現出來的膽識與勇氣，沒有造成人命傷亡，獲得舉世讚揚。但他卻謙卑地說：「我們只是在盡我們的職責」而已。一句輕描淡寫的話語，顯見其平凡中不平凡的人格特質。所謂「偉大」的人物，常常只因他們為人處事，力求「盡責」而已。

最近，在舊金山卡斯楚戲院舉行的第十四屆「柏林與之外」影展（*Berlin and Beyond*），其中有一部影片是由十個短片組成的。當中一部十分鐘長的短片，片名：*Sommersonntag*，內容敘述一位大橋管理員，上班時間發生緊急事故，他必須在瞬間做出抉擇：要嘛，犧牲他聾啞獨子的生命，以拯救一列火車上二百多人的生命；或者不顧火車乘客的傷亡，只為了救他兒子的生命。

影片中，這座大橋中間段設計可移動的，以供火車或輪船通過：當輪船通過河道時，因為甲板上的設備或貨物堆積高度，遠超出大橋水面高度，管理員必須按紐操作，將大橋中間段升高，好讓輪船順利通過；但當火車要通過大橋時，管理員必須及時將大橋中段放下與橋的兩端連接平整，火車才可安全駛過。一天當中，輪船與火車分別往來，交通相當繁忙。大橋管理員雖然輪班，但每次只有一人值班，如遇事故，也是要一人扛起。

有一天，大橋管理員快快樂樂地帶著他約十歲的聾啞兒子來上班。兒子高高興興地要爸爸教他如何按紐操作。然後，爸爸要工作，讓兒子自己玩。兒子帶著紙筆到已經升高的橋中段去畫圖。這天風大，男孩帽子被吹落在橋的下邊，男孩爬下去拿帽子，並沒有立即上來。接著，火車快到了，管理員必須按紐將橋中段放下與橋兩邊平整，好讓火車安全通過。他想叫兒子進來，從控制室玻璃窗朝外一看，這才發現兒子已在橋的下層。他拚命喊叫，但兒子聾啞聽不到，而時間緊迫，他再不按紐，火車就要衝到河裡面去了，這攸關二百多名乘客的生命。來不及了，來不及了，管理員天人交戰，他以顫抖的兩手，在千鈞一髮之際，死命按下兩紐，讓橋的中段下降，火車轟轟地順利通過，只聽到聾啞男孩抬頭望見壓頂而來的橋中段而發出的慘叫聲！

男孩死後，做父親的不時到墓園去探望，總是淚流滿面，默禱孩子能夠原諒他。爸爸是「職責」所在，不得已啊！如果當初選擇救兒子，而讓火車二百多位乘客傷亡，他的餘生也會寢食難安啊！

短短十分鐘的影片，故事雖是虛構的。但影片結束時，觀眾掌聲如雷，真實世界中，誰敢說，不可能發生類似這樣彰顯人性光輝的的事蹟？

大衛卡拉定與李小龍

一九七〇年代美國熱門電視影集《功夫》的主角大衛卡拉定（David Carradine），二〇〇九年六月四日被發現在泰國曼谷一家豪華旅館離奇死亡，去世時七十二歲。

大衛卡拉定跟李小龍（Bruce Lee）有什麼關係？有！雖不是直接，但影響長遠：如果不是因為卡拉定拿到了《功夫》影集主角角色，李小龍就不會回香港發展他的電影事業，最後成就為一代國際巨星；而儘管李小龍只活了短短的三十三年，還不到卡拉定歲數的一半，「蓋棺論定」，李小龍在銀幕上的「英雄形象」，至今仍深植在中外影迷的心目中。

一九六四年，加州長堤舉辦國際空手道大賽，這是美國首次介紹亞洲武術的盛會。李小龍在這場比賽中以精湛自創的「截拳道」，輕鬆擊敗黑帶高手，奠定了他武術大師的地位。二十世紀福斯影視公司邀請他參加電視影集《青蜂俠》（*The Green Hornet*）的演出。他在這三十集的影集中飾演男主角的助手「加藤」。螢光幕上的造型是，身著黑色衣服，臉戴黑面具，專門除暴安良。他強猛的踢腿，犀利的拳法，廣受觀眾歡迎。

之後，他在*Ironside*、*Blondie*及*Long street*等電視劇中客串演出，也在*Marlow*電影片中現身，還與影星詹姆士．柯本合作撰寫*The Silent Flute*電影劇本，在好萊塢開始嶄露頭角。不過，他當時花費心血寫出的《功夫》電視劇集：描述一位武術大師在美國西部流浪的故事，電影公司不找他演，卻讓對武術一無所知的大衛卡拉定擔綱演出。這件事令李小龍非常挫折痛心，他體會到自己的亞裔背景留在好萊塢很難出人頭地。

一九七一年，他回香港，為嘉禾影業公司拍攝第一部以他為主角的《唐山大兄》，於當年十月推出；次年，第二部主演的《精武門》上映。這兩部電影破香港開埠以來的電影票房紀錄，李小龍一躍成為亞洲最耀眼的明星。

一九七二年年底，李小龍自導、自演及自己製作的《猛龍過江》公演，轟動情況甚至超過前面兩部片，他的聲望扶搖直上。籌拍第二部影片《死亡遊戲》時，包括義大利影星蘇菲亞羅蘭的丈夫卡洛龐蒂在內，各地電影製片商爭相出價邀約他拍片。最後，李小龍接受了華納兄弟電影公司邀約，拍攝《龍爭虎鬥》。這部好萊塢以他為主角的影片，讓李小龍揚眉吐氣，終於成就為國際級的影星。

對許多人來說，多半只從一角度去了解李小龍：即「一個銀幕上不可征服的勇士」。但除去他在電影中塑造的人物形象外，李小龍本人實際上擁有複雜且充滿生氣的個性，他的魅力和活力使每一位曾與之共事、相處過的人都深受感染。二〇〇一年二月，李小龍教育基金會等單位，在舊金山中華文化中心舉辦「李小龍回顧展」時就特別強調，李小龍可算是一位哲學家、老師、詩人、顧家男子、改革者和永遠的學生。他比一般人想像的僅僅是個出類拔萃的武術大師和演員要豐富許多。

李小龍於一九七三年七月二十三日因「腦水腫」猝逝，才三十三歲。巨星殞落已四十多年，但他在銀幕上「武功蓋世」的身影，何以能長存在很多人的心中，成為通俗文化的偶像？有人分析，主要原因包括：他是族裔平等的推動者，利用武術將東、西方連結在一起，確信「天下一家」的道理；是第一位專演「英雄人物」的亞裔，塑造了一個「強壯」的亞裔男子漢形象，為所有被壓迫和弱小者的代言人；是美國少數族裔青少年心目中的傳奇人物，很多青少年對李小龍的「功夫」造詣，「雖不能至，心嚮往之」；對祖國遭受西方帝國主義欺凌過的亞洲人來說，終於有了揚眉吐氣的機會，他們因李小龍「在銀幕上痛宰洋人」而恢復了部分自尊。

李小龍生前未能獲得演出《功夫》影集主角，也許是「失之東隅，收之桑榆」。他生命的「長度」雖不若卡拉定，但他生命的「廣度」遠遠超過卡拉定。我年輕時曾在一篇文章看到至今印象仍然深刻的一句話：「只要放出異彩於這黯淡的世界，明朝即可微笑長逝！」李小龍應如是。

豁達的老廚師

多年前偶然的機會，在一家專賣春捲的快餐店裡，碰到了一位外表「仙風道骨」似的老廚師，深深為他的模樣所吸引。深談之下，更不禁為他豁達、快樂的人生觀拍案叫絕。

老廚師姓王，大家都叫他王師傅，年齡總在六十以上了吧！據他說，對日抗戰時，他參加青年軍，等到中國大陸變色時，他才跟隨軍隊到台灣。

退役後，自覺無一技之長，就去跑船。有一回，船到芝加哥，他心血來潮，突然決定「跳船」，不再海上漂泊了。我碰到他時，他已在美國二十多年了。老廚師除了西岸不曾去過外，足跡遍及美國各大城市，工作範圍當然只限於中國餐館。

「有沒有回台灣過？」我問了一個事後自己也覺得很愚蠢的問題。

「我是跳船的，怎麼能回去？」老廚師說這話的神情理直氣壯，彷彿「跳船」與「留學」一樣，都是再正經不過的事，犯不著躲躲閃閃。

據說，有些違法入境的人，視自己的「身分」問題為最高機密，不隨便告知外人，唯恐有人心存歹念，或萬一無意中得罪人，遭人密報移民局，而被遞解出境。

老廚師似乎從來不防範這個問題會發生。不管深交或初試，問到他的來歷，他總不諱言「跳船」兩字，神情坦蕩蕩，一臉天真笑容，猶如嬰兒。

老廚師說，這麼多年來，有些工作的餐館老闆主動要替他申請居留身分，他都婉拒了。「我要綠卡做啥？」老廚師說：「我是個老粗，有了綠卡，還是只能在中國餐館討生活，並不能換別的工作，跟沒有身分的情況一樣，我要綠卡做啥？反而添加一份人情債，萬一跟老闆不對勁，還不能馬上走人。」

他笑嘻嘻地、但加強語氣說：「我一生流浪慣了，不喜歡受拘束，一看工作環境不對，馬上走人。」

「這麼多年來不想念親人嗎？」

老廚師說，就因為生性不受拘束，所以始終沒有成家。在台灣沒有任何親人，留在中國大陸上的母親也過世了。母親在世時，他曾經寫寫信；母親過世後，連信也不寫了。還有位哥哥留在中國大陸，不過很久也沒有聯絡了。

畫家趙二呆說：「在心深處建一座浮雲觀：於是，放心情，存浮雲，觀看世事：聚是偶然，散是必然。」老廚師孑然一身，卻不愁苦。他也許說不出上述道理，然而著著實實身心力行著。

或許您以為老廚師生性孤僻，拒絕家庭生活。一點兒也不，聽餐館同仁說，老廚師心地再善良不過了。每有新來餐館打工的年輕學生，老廚師唯恐他們新到陌生環境心理不舒坦，經常熱心地招呼這，招呼那，就像位慈祥的老祖父，責無旁貸的愛他的兒孫輩。

旅居國外的日子久了，愈發現很多華人移民，平日為賺錢營生拚命，為懷鄉思親掙扎，阻擾挫折多了，常常有意無意間自建城堡，把自己保護得滴水不漏，心中再也騰不出一點兒空間去容納、去關懷或幫助別人。能夠關懷與幫助別人的，似乎天性使然的多，與教育程度無關。老廚師也許書讀得不多，但他豁達、樂觀，具有愛心。

我喜歡到那家快餐館去。每看到老廚師一頭霜白的頭髮，一撮稀疏的山羊鬍子，門牙全掉光了，露出如嬰兒般無邪的笑容，我總想像老廚師應該脫下餐館的白制服，拿把拂塵，愉悅地雲遊四海去才對！

誤闖天體營

應是地球暖化的影響，近年夏季特別酷熱，週末假日，舊金山灣區各處公園或海灘，處處可見袒胸露背，或著三點式比基尼的男女老幼，在烈日下大做太陽浴。更有甚者，在不是天體營的海灘，有人乾脆一絲不掛，佔據地盤使之變為裸體海灘。我與M就這樣誤闖天體營了。

臨太平洋沿岸的貝克海灘（Baker Beach），就在金門大橋南端橋下，原不是一處天體營海灘，但在海灘北邊靠金門大橋部分，有人自動把它劃為「天體營」區。男男女女聚集此處「袒裎」相見，一起享受陽光、空氣和海水。

那一天，我與M進入貝克海灘，看見一切如常，可是往北走約百公尺，就看到一位非洲裔男性，赤裸裸的把全身擦得油光晶亮，大剌剌的在海灘上走來走去，引人注意。我問M說：「你可看到有身材美妙的小姐嗎？」他沒好氣地答：「這是人家的Privacy！我不去注意。」奇怪呢！在公共海灘，還有什麼隱私可言？不過，因為「非我族類」，我們也不敢逗留在「天體營」區，趕緊離開，免得成為當中的「異類」。

雖然沒有實際加入天體營的經驗，但多年前我曾採訪到過天體營的華航飛行員，間接體會他們身臨其境的經驗，現提供有意一覽究竟者參考：

一九八二年七月下旬的一個週末，在法國南部土魯斯（空中巴士飛機組裝的總部），華航第二批參加「空中巴士」飛航訓練的組員，通過了新機種操作考驗後，一位法國朋友開車，只說要帶他們十多人到地中海邊一處海濱浴場游泳，鬆弛一下兩個月來始終處於緊張狀態的身心。

法國朋友這一吆喝，立刻獲得組員的熱烈響應。於是，一車人風馳電掣的抵達了距土魯斯約兩百多公里的海濱浴場Cap d’Agde。據說，這是法國多處「天體」海灘中規模最大的一個（註：我曾到土魯斯參加華航第一批受訓組員的結訓酒會，但他們沒有受邀到天體營）。

「我只能說，在那種場合，不脫，直覺自己才是『怪物』呢！」一位接受我訪問的華航正機師述說他在天體營海灘當時的感想。

Cap d’Agde距沙灘一、兩百公尺入口處，一位衣著簡單的老頭把關，他要華航組員們「脫」了才能進去。

「脫了？」開玩笑，華人不習慣當眾「赤身露體」（搞清楚，這是二十五年前發生的事）「要不要打退堂鼓？」這問題立即引起了數分鐘的討論，「開了兩百多公里的車程，還問了三次路，就這麼回去，這才是跟自己開玩笑！」

大夥兒還在猶疑中，看到一對高齡六十以上的夫婦「一絲不掛」，坦坦然從入口進去了，「毫無身材可言」。

於是，計由心生，大家決定採取「折衷」辦法——穿游泳褲啊！就在把關老頭面前，大家佯裝同意「脫」，邊解開鈕扣，脫了上衣，腳步邊往海邊移動了。把關老頭以為這批「老中」終於開了竅，並沒有澈底監管「脫」的任務，任由他們進去了。

「哇！」真是驚人，像台灣北海岸的白沙灣，或東北海岸的福隆海濱浴場假日情況一樣，滿坑滿谷的弄潮人，男女老幼，高矮胖瘦，他們全都一絲不掛。不，還是有些穿戴，有人戴了遮陽帽子，有人穿了涼鞋或布鞋，避免炙熱的沙粒燙腳。

華航組員剛進入海灘的前數分鐘內，還真不能適應眼前所看到的。他們磨磨蹭蹭的，趕緊找了一處坐了下來，慢慢地，這才仔細觀察……。

海灘上豎立了無數橘紅色的遮陽傘。傘下，有人或躺，或坐。有全家人一起出遊的，有年輕男女成對的，也有看似老夫老妻。有模特兒身材的，也有大腹便便……。沙灘上，有人漫步，有人騎腳踏車……。

近岸處，有人在水中追逐皮球，有人蛙式，有人蝶式，有人只是隨波逐流，做海上浮屍狀。

離岸較遠處，無數的單人式帆船，由身手矯健著駕馭者，乘風破浪……。

華航組員注意到，來到天體海灘的人，他們或許外貌不同，但他們的神情卻是相似的，大家怡然自得，充分享受地中海的陽光。

在這一、兩萬人的天體營內，穿了衣服反而引人注意，尤其是以西方人為多數的場所，幾位華人的出現更顯突出。

漸漸地，組員們覺得身上的游泳褲是個「負擔」，使他們在這裡成為「異類」，限制了他們的走動。

「不肯脫，不敢脫，來天體營幹嘛？」再則，組員個個身心健康，環顧左右，「身材」像樣的老外還真不多。「比較」之下，他們不會丟華人的臉。幾經思考，「入境隨俗」，大家咬了牙，狠下心，「脫了」。有位組員說：「誰怕誰了？」

「我們就在很自然的情況下被同化了。真的，你不要笑！」向我說明他們參加天體營心路歷程的一位組員一臉嚴肅地說。他對我邊笑邊聽邊記的態度，很不以為然。

他說，鼓起勇氣「袒裎」相見後，大家反而覺得真正地輕鬆，不再是天體營中的「怪物」，而成為其中的一分子。於是，這才各自展開活動，有的游泳、有的租了帆船、有的在海灘漫步。四下環顧，再也沒有異樣的眼光「注視」著他們。「非常的自然，」有位組員說：「進入營區直到此刻，身心才真正享受到從未有過的鬆弛。」

如果那時有人看他們一眼，那只是因為在一、兩萬白人世界中，幾位黃種人的「屁股」反而是最白的。

心情鬆弛下來後，他們開始注意周遭環境，哇！天體海灘的購物中心、咖啡館、露營區內，所有工作人員無不是「赤裸裸的」。但他們的服務精神，與一般商店服務人員不分軒輊，態度十分自然，沒有忸忸怩怩。

組員不諱言，同去的人沒有女同事在內，才使他們較無顧忌，要不然，「以後見面不好意思」。

很多人對飛行組員在外的生活有錯覺，以為他們一定「生活浪漫」。參加天體營的組員也擔心社會大眾以「有色」的眼光看待這件事。他們希望我不作報導最好。如果一定要寫，最好不要提「華航」兩字，他們擔心有人會借題發揮。

這次天體營之遊，就像他們飛行到其他城市一樣，工作之餘所作的一種運動而已，他們說：「沒有什麼特別的！」

有人說，天體營內最不重視性別區分，大家的「性」趣反而因此減低了。

吃孔雀？

常聽人拿「中國人什麼都敢吃」作文章，譬如說：「天上飛的，除了飛機不吃，地上爬的，除了汽車不吃，什麼都敢吃。」這次到雲南滇緬邊境城鎮遊歷，總算領教了，竹節蟲、蠶蛹、螞蟻、蚱蜢等都上桌了。不過，因為以前已聽說過，真正在餐桌上看到這些「佳餚美味」時，倒也不覺得那麼「噁心」。只是堅決不下筷子，任憑同行者怎麼「威迫利誘」，抵死不吃。不過，旅途中首次聽到有人說「孔雀肉」也是「營養價值極高」的一道佳餚時，才真正大吃一驚，直呼不可思議！

我們這個由海內外華文寫作者組成的「雲南民族文化采風團」，參訪滇緬邊境城鎮畹町一處生態園區的「孔雀園」時，看到上百隻藍、綠及白色的雌、雄孔雀們，消遙自在漫步在廣闊的天然草坪上，隻隻態度悠閒、瀟灑自如，有的昂首闊步，有的奔跑追逐，有的低頭覓食，有的爭食我們手掌上的碎玉米粒……。不過，最吸引我們視線的，還是那些不避人耳目，公然翹起屁股向異性展示經典求愛招式的雄孔雀——「孔雀開屏」。

正當我們一大票人爭先恐後、忙著用相機追逐那些色彩斑爛豔麗的「開屏」孔雀，並詢問有關孔雀的種類、習性、壽命等種種問題時，聽到生態園區人員說到：「孔雀肉營養價值相當高！」

孔雀

「什麼？」我們有人驚叫一聲，差點把手中的相機摔掉，不可置信的再問一句：「吃孔雀肉？」

「是的！」那位解說的先生再次肯定的點點頭說，孔雀是集「觀賞、食用、保健」於一身的珍禽，政府鼓勵「養殖」（就像養雞、養豬、養牛、羊……一樣）。他說，孔雀肉是高蛋白、低脂肪、低膽固醇的野味珍品。營養價值高，肉味鮮美，素有「水中老鱉，禽中孔雀」之說。我還是不信，後來查李時珍的《本草綱目》，果然在禽部第四十九卷記載：「孔雀辟惡，能解大毒、百毒及藥毒。」它的解毒功效甚至超過穿山甲。

園區人員還強調，孔雀肉營養種類齊全，富含各種微量元素，它的肉質瘦，脂肪、膽固醇、熱量都比普通禽類及淡水魚低；孔雀骨頭的鈣質含量高，鈣磷比優於牛奶，與人奶鈣磷比幾乎一致，是優質補鈣營養品。

我們參觀的這個孔雀園，據說是一位來自東北的商人投資經營的。佔地二十五畝，園中飼養有藍、綠及白孔雀五、六百隻，數量在中國目前堪稱第一。園區的人說，中國其他各地動物園的孔雀，都是從這裡出去的。

參觀了孔雀園，才對這美麗的鳥類，有些許的認識。牠的學名是「Pavo」，屬鳥類「雞形目」，「雉科」。又名「越鳥、南客」。孔雀主要有兩種，即綠孔雀及藍孔雀。藍孔雀又名印度孔雀，雄鳥羽毛為寶藍色，富有金屬光澤，分布在印度和斯里蘭卡。白孔雀是牠的變種；綠孔雀又名爪哇孔雀，分布在東南亞。中國僅在雲南南部才有野生孔雀。

孔雀喜歡成雙或三五成群活動，食物葷素不拘，白蟻、昆蟲、蘑菇、嫩草及樹葉等都吃。每年三至六月是繁殖期，每窩下蛋一至八枚。以孔雀壽命二十五年至三十年計算，一隻雌孔雀一生中大概可以供獻五百枚蛋。孔雀園內每枚蛋售價人民幣三十元。

據說，孔雀晚上是飛上樹枝「排隊睡覺」，而且是雄跟雄的、雌跟雌的一起，「雌雄分房」，壁壘分明。

孔雀被視為「百鳥之王」，之前我對牠們的認知限於：「最美麗的觀賞鳥、是吉祥、善良、華貴的象徵，羽毛可以用來做裝飾品。」如今，聽到「孔雀園」人員強調牠們的「營養價值」，我們團員中有人開始「杞人憂天」，期望他們至少不要把列為國家一級保護的綠孔雀，也推銷到餐桌上！

大救駕和大薄片

二〇〇九年四月，到雲南中緬邊境城市旅遊了十多天，差不多所謂的雲南美食，都有機會嘗試，其中有一餐，連竹節蟲、蠶蛹、螞蟻、蚱蜢等都上桌了。我雖然一向勇於嘗試「不曾吃過」的食物，可是對於昆蟲類被當成「佳餚美味」端上桌，還是敬謝不敏。不過，對一道幾乎每餐都有的騰衝小吃——「大救駕」，則印象深刻，可能是因為從名稱上很難跟菜色內容實際聯想在一起吧！

「大救駕」是雲南著名風味餐之一，而以「騰衝」地方的餐廳最受青睞。它是用優質的大米先做成餌塊或餌絲為主料，再配以鮮肉、雞蛋、冬菇、辣椒、火腿片、番茄丁、菠菜段等炒熟即可。端上桌，紅、綠、白、黃四色相映，非常漂亮。餌塊細糯滑潤，鮮美香甜，油而不膩。「大救駕」具備了「色、香、味」俱全的佳餚條件。另外，它還有最重要的一項優勢——「物美價廉」，通常人民幣五至十元就可以打發了，配料多的話，二、三十元或較貴的價錢也有，普羅大眾都吃得起，而且幾乎每一家餐館都有這道菜，差別只在於大廚的手藝高低而已。

這道好像大拼盤似的美食名稱「大救駕」，是有典故的，還牽扯到明朝一位逃難皇帝的故事。據說，清初，吳三桂率清軍打進昆明，明朝永曆皇帝朱由榔率同官員逃向滇西，清軍緊追不捨。永曆皇帝在農民起義軍大西軍領袖李定國命大將靳統武的護送下到達騰□（一六五九年）。當時天色已晚，一行人走了一天的山路，大家疲憊不堪，飢餓難忍，找到一個小村子歇腳。住宿處主人圖快，急忙炒了一盤餌塊送上。永曆皇帝吃後讚不絕口地嘆說：「炒餌塊救了朕的大駕。」從此，雲南人就把炒餌塊改稱「大救駕」。

永曆皇帝後來逃到緬甸，最終還是被吳三桂抓回昆明處決（一六六一，清順治十八年），地點就在昆明翠湖邊上，那地方現在稱為「逼死坡」；聽昆明人說，離「逼死坡」不遠的光華街上，有一家騰□風味餐廳，就以「大救駕」這道菜而著名。此外，據說知道光華街騰衝風味餐廳的人，顯然比知道「逼死坡」的人多很多。

我不是美食家，但命中帶「食祿」，幾十年來旅遊各地，享受過不少美食。在雲南享受的風味餐中，我比較喜歡的一道菜是「大薄片」。它的原料是豬耳朵、上、下唇和豬舌部分。這是一道考驗廚師刀功的菜，只有刀功了得的廚師，才能把這些豬頭上的「零件」切成跟紙張一樣的薄。端上桌面，一片片手掌大、透明薄如蟬翼的肉片，是涼拌的。夾一片，沾上配好特製的佐料，入口清爽不膩，會讓食客們忍不住一片接一片地往嘴裡送。

「大薄片」有點類似台灣小吃「蒜泥白肉」的做法。但兩者使用的豬肉部位不同，佐料各異，前者的刀功更見細膩。這兩道菜，我可以百吃不厭。

語言文學類　PG2080　北美華文作家系列24

根在水返腳：
汐止老街人，老街事

作　　者／楊芳芷
責任編輯／劉亦宸
圖文排版／楊家齊
封面設計／蔡瑋筠

發 行 人／宋政坤
法律顧問／毛國樑　律師
出版發行／秀威資訊科技股份有限公司
114台北市內湖區瑞光路76巷65號1樓
電話：+886-2-2796-3638　傳真：+886-2-2796-1377
http://www.showwe.com.tw
劃撥帳號／19563868　戶名：秀威資訊科技股份有限公司
讀者服務信箱：service@showwe.com.tw
展售門市／國家書店（松江門市）
104台北市中山區松江路209號1樓
電話：+886-2-2518-0207　傳真：+886-2-2518-0778
網路訂購／秀威網路書店：https://store.showwe.tw
國家網路書店：https://www.govbooks.com.tw

2018年8月　BOD一版
定價：390元

國家圖書館出版品預行編目

根在水返腳：汐止老街人,老街事 / 楊芳芷著. --
一版. -- 臺北市：秀威資訊科技, 2018.08
面；　公分. -- (語言文學類；PG2080)(北美華文作家系列；24)
BOD版
ISBN 978-986-326-584-9(平裝)

855　　　　107011756

讀者回函卡

感謝您購買本書，為提升服務品質，請填妥以下資料，將讀者回函卡直接寄回或傳真本公司，收到您的寶貴意見後，我們會收藏記錄及檢討，謝謝！

如您需要了解本公司最新出版書目、購書優惠或企劃活動，歡迎您上網查詢或下載相關資料：http:// www.showwe.com.tw

您購買的書名：______________________________

出生日期：________年________月________日

學歷：□高中（含）以下　□大專　□研究所（含）以上

職業：□製造業　□金融業　□資訊業　□軍警　□傳播業　□自由業

□服務業　□公務員　□教職　□學生　□家管　□其它_____

購書地點：□網路書店　□實體書店　□書展　□郵購　□贈閱　□其他

您從何得知本書的消息？

□網路書店　□實體書店　□網路搜尋　□電子報　□書訊　□雜誌

□傳播媒體　□親友推薦　□網站推薦　□部落格　□其他__________

您對本書的評價：（請填代號　1.非常滿意　2.滿意　3.尚可　4.再改進）

封面設計____　版面編排____　內容____　文／譯筆____　價格____

讀完書後您覺得：

□很有收穫　□有收穫　□收穫不多　□沒收穫

對我們的建議：______________________________

____

____

____

請貼
郵票

11466
台北市內湖區瑞光路 76 巷 65 號 1 樓
秀威資訊科技股份有限公司 收
BOD 數位出版事業部

（請沿線對折寄回，謝謝！）

姓　　名：________________ 年齡：________ 性別：□女　□男

郵遞區號：□□□□□

地　　址：________________________________

聯絡電話：（日）________________（夜）________________

E-mail：________________________________